童心園

童心園

童心園

童心園

秘密に満ちた魔石館1

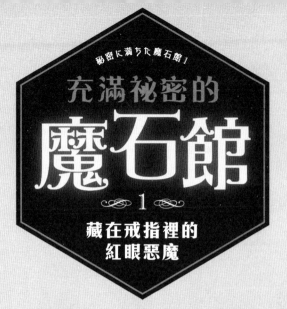

充滿祕密的魔石館

1

藏在戒指裡的紅眼惡魔

作者 廣嶋玲子　繪者 佐竹美保　譯者 林佩瑾

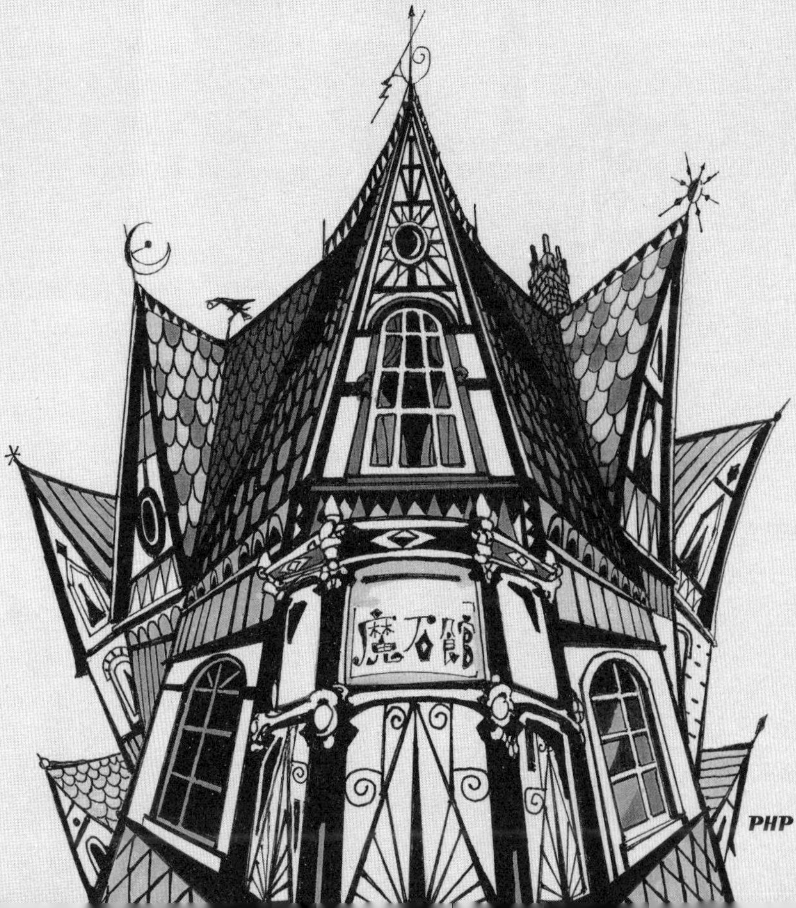

PHP

目錄

序章 005

水晶——魔法師的徒弟 007

紅寶石——被嫉妒染紅的戒指 025

毛糞石——不被禁錮之心 047

貓眼石——圖坦卡門王的詛咒 077

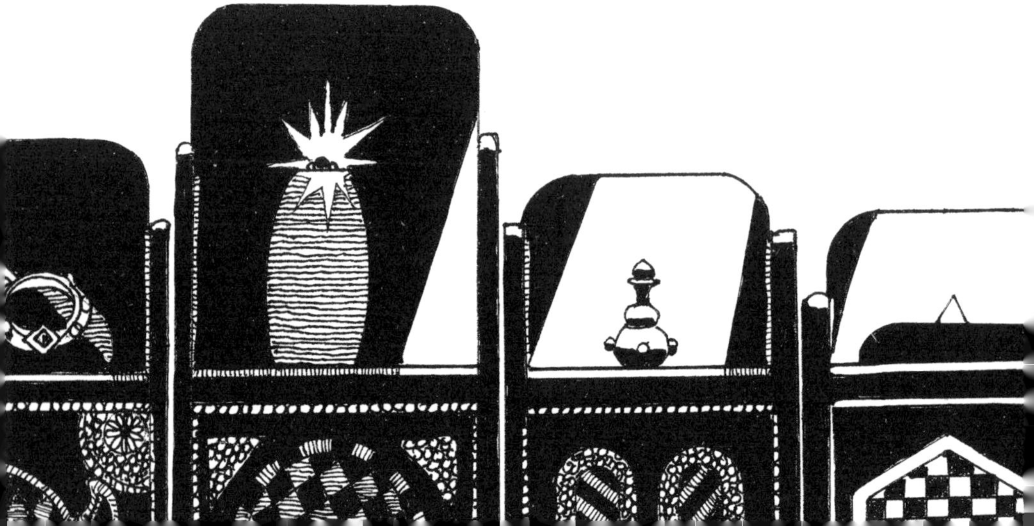

月光石——鬼屋幽魂 105
綠松石——旅行者的守護石 131
縞瑪瑙與紫水晶——自食惡果 153
珊瑚——不幸的貴族之女 191
尾聲 214

序章

哎呀，真是稀客啊！歡迎來到魔石館。廢話不多說，我這就向您介紹這些神奇的寶石們吧！您覺得如何？很漂亮對吧？

是啦，這些寶石如此璀璨耀眼、五彩繽紛，也難怪您看得出神。可是真正神奇的，是這些蘊含魔力的寶石，所引發的一樁樁奇聞。接下來，請聽我娓娓道來……

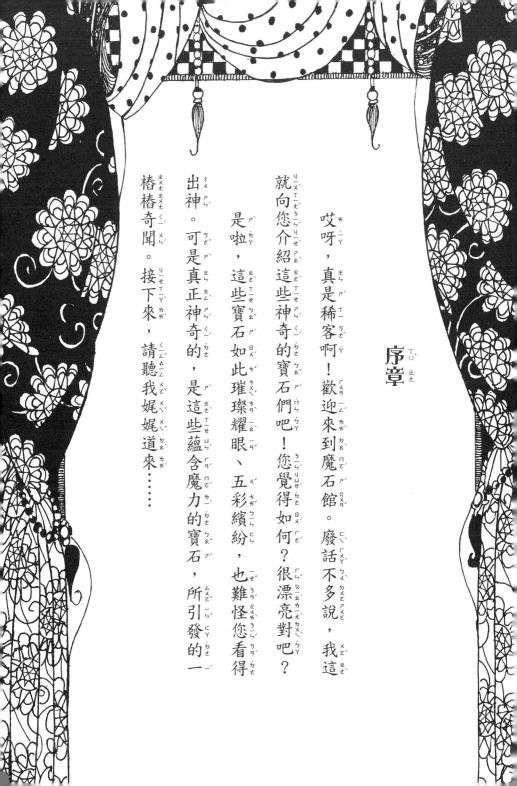

水晶

魔法師的徒弟

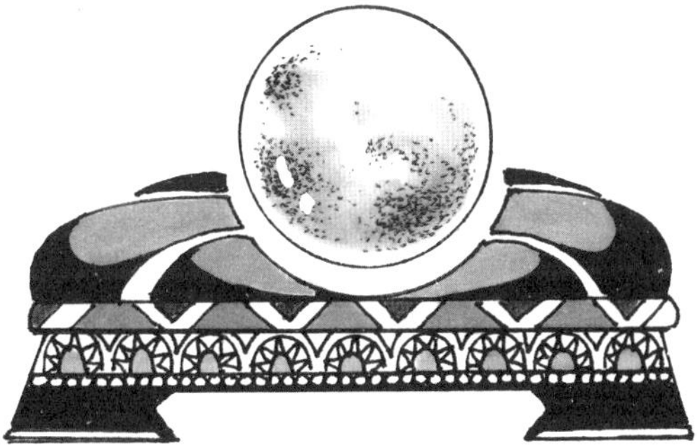

我再也受不了了！

哈奇姆咬牙切齒的望向盡頭的房間。房裡傳來鼾聲，魔法師師父八成睡了吧？師父每次都這樣。嘴裡吃的是山珍海味，睡覺蓋的是蓬鬆的羊皮毯，總是吃完倒頭就睡。

反觀自己，一大早就起來打掃煮飯，照顧那群用來獻祭或製藥的動物，還得做牛做馬，連喘息的時間也沒有。結果換來什麼？師父的剩菜剩飯、有動物騷臭味的薄毛毯，還被臭罵：「你這個飯桶！」真是夠了！

以前哈奇姆很尊敬師父，認為他是個偉大的魔法師。

「你有天分，我收你當徒弟吧！」當年師父這番話，還讓他開心得手舞足蹈。

可是真正當了徒弟之後，卻盡是些苦差事。師父成天罵他，連句稱讚都不給，哈奇姆不禁懷疑，其實師父只是想要個免費的僕人吧？

「我想……我應該夠格當個專業的魔法師了。」

六歲起拜師學藝，在魔法師門下做了十一年徒弟。哈奇姆一邊打雜，一邊拚命學習各種知識。現在哈奇姆不僅魔藥做得比師父還要好，舉凡閱讀魔法書、舉行儀式、召喚精靈，也完全難不倒他。

而且哈奇姆還有一個更厲害的地方，那就是他很擅長預見未來。只要集中精神注視水晶球，裡面就會浮現未來的景象。雖然那些未來景象，多半是宛如晃動火焰般模糊不清的人影或畫面，不過，光是擁有窺探未來的能力，就令哈奇姆深感自豪與自信。

況且，未來的影像不清晰，有一半是水晶球害的。都是因為師父給他品質不大好的小水晶球，才讓哈奇姆很難發揮實力。不僅要花上許多時間才能浮現影像，也超級耗費精力，每使用一次，都讓哈奇姆累得要死，而且頭痛欲裂。

每次師父只會責罵說：「怪就怪你自己功力不到家！」但哈奇姆可不認同。他曾經偷偷用過一次師父的水晶球，當時不費吹灰之力，就看見清楚鮮明的未來景象浮現在眼前。

要是能得到那顆水晶球……

一股強烈的慾望，佔據了哈奇姆內心。

沒錯，要是能得到那顆水晶球，我就能成為占卜師賺錢了。

畢竟厲害的占卜師，可是不管在哪個年代都很搶手！反正哈奇姆學習魔法的目的本來就是為了賺錢，只要得到那顆水晶球，一切就能美夢成真。

盡頭的房間仍然持續傳出巨大的鼾聲。

「這下子肯定沒問題！」

哈奇姆躡手躡腳的從櫃子深處取出水晶球。

這顆水晶球和嬰兒的頭差不多大，看起來比任何水都要清澈；只消一摸，就能感覺到一股強大的力量，令人渾身震顫。

水晶，本來就是一種偉大的石頭。它蘊藏著大地的能量，大塊的水晶結晶能保護家園，小塊碎片具有淨化能力，經過水晶的加持，也能提高使用者的靈力。而打磨得渾圓美麗的水晶球，更能強化靈魂、喚醒潛藏在生命體的力量。

在觸碰到那顆水晶球的剎那，一股清澈的能量，逐漸擴散到哈奇姆全身。彷彿有一道清流，貫穿了他的全身與心靈。

此時，他忽然聽見一句呢喃：「勸你快住手。」

「為什麼要偷水晶球？光是背叛師父就夠可怕的，再說，師父一定會來追討，到時你可有罪受了！」

警告的呢喃變得越來越大聲，但哈奇姆的野心，比其更為強大，他趕緊將水晶球藏入自己懷裡。

「好了，這下不能回頭了。不對，我為什麼要回頭？這是我的東西，那個糟老頭哪配得上它。說我功力不到家？走著瞧，這

顆水晶球的力量，以後全是我的了！」

哈奇姆小心翼翼抱著水晶球，離開魔法師的家。接著，頭也不回的在夜晚的荒野中狂奔。

一年後，哈奇姆在某座大城市現身。

如今，他已經在城內闖出名號，是名數一數二的占卜師。無論你想知道什麼，他都能告訴你。而且，他的占卜靈驗無比，從未失誤。

神準的口碑一傳十、十傳百，如今連王公貴族，都會找哈奇姆占卜。

當然，這全都是水晶球的功勞。水晶球從未令哈奇姆失望，每當客人上門，哈奇姆只需要問出客人想知道什麼，再拜託水晶球給答案就好。無論想知道什麼、想看什麼，水晶球都能馬上顯現出來。

現在的哈奇姆，不再是魔法師的可憐徒弟，而是個住豪宅、吃山珍海味、穿好衣服、蓋高級毛毯，手指還戴滿珠寶的快樂青年。哈奇姆開心的感慨道：「現在的我不同了！再也不用被臭罵、做牛做馬了！」

哈奇姆深深覺得，這顆水晶球真是偷對了！不對，這哪叫偷？這分明是做牛做馬十一年所換來的報酬！證據就是：直到現在，師父都不曾上門追討。

起初哈奇姆的心裡十分恐懼不安，深怕師父哪天會找上門來，還請了好幾個保鑣來保護自己。然而，等了又等，師父卻一直沒有現身。要是師父有心想找到他，應該馬上就找得到才對。因此，哈奇姆猜測，一定是師父認為乾脆將水晶球送給他算了，一定是這樣的！

在心中的大石落了地後，哈奇姆越來越享受占卜師的生活，享盡榮華富貴、備受景仰，這簡直讓他快樂得似神仙一般。

不料……

某天早上，哈奇姆照例觀看水晶球，卻驚覺水晶球深處隱約有個狀如羽毛的白色濁斑。

這一塊小小的濁斑，使得哈奇姆心裡忐忑不安。哈奇姆趕緊擦拭水晶球，他不惜用上昂貴且柔軟的布料，足足擦了水晶球一小時。然而，濁斑不僅沒有消失，反而變得比剛才更大了一些。

「為……為什麼！」

哈奇姆不得已暫停占卜師的工作，並用盡各種辦法，只為了

把水晶球弄乾淨。他試過浸泡聖水、晒月光、唸咒語、獻上魔鳥的心臟，也試過買來一堆水晶舉行儀式，試圖將其他水晶的力量分給水晶球。

即使如此，每當哈奇姆多看一次水晶球，就發現水晶球又多一分汙濁。直到最後，水晶球整顆都變成牛奶般的乳白色。

「嗚哇啊啊啊啊啊啊啊！」

哈奇姆發出慘叫的同時，屋內響起那討厭又熟悉的嗓音。

「知道厲害了吧，蠢徒弟！」

「師……師父？」

哈奇姆慌忙的左右張望，卻什麼都看不見，眼前一片濁白，彷彿被困在那顆已混濁的水晶球裡。

「怎……怎麼回事？師父，我是中了你的法術嗎？」

「唉，你還不懂嗎？逐漸變得汙濁的不是水晶球，而是你的眼睛啊！」

哈奇姆一驚，將手舉到眼前。

看不見。什麼都看不見。不會吧！不會吧！

魔法師對發愣的哈奇姆淡然說道：「我不是說過嗎？你的功力還差得遠了。」

「師……師父。」

「水晶是擁有力量的石頭，沒有足夠能力的人根本無法掌控。要是不夠格還繼續用，總有一天會被石頭吞噬。哈奇姆，我可悲的徒弟啊，真是遺憾，虧我還覺得你是個潛力的孩子。本來打算等你功力足夠，就開開心心把水晶球給你呢！」

魔法師喃喃說著：「實在太遺憾了。」

隨後，魔法師靜靜撿起水晶球，確認水晶球沒有任何損傷跟斑點後，便將水晶球收起，留下大哭的哈奇姆，獨自離去。

水晶

水晶、石英、水玉……水晶有許多名稱與種類，每一種都擁有強大的力量。尤其是打磨成圓形的水晶球，更是從古時候就被人類當作魔法道具，可以用來觀測過去、預知未來。

大概是因為水晶能使人平靜、增強感應力的關係，它的寶石語是「淨化」、「純粹」，而水晶也確實是清澈無瑕的物品。因此，如果使用者利慾薰心，就會加倍嚐到報應。

紅寶石

被嫉妒染紅的戒指

不可原諒！

艾拉惡狠狠的瞪著地面，散落在腳邊的紙屑，是她剛剛撕碎的信紙。不過，就算把信撕碎，信上的文字還是在艾拉腦海中揮之不去。

「事情變成這樣，我真的很抱歉。雖說我們的婚事是父母決定，但我對這樁婚約沒有任何怨言，青梅竹馬的我們，相信也能成為一對好夫妻。不過，現在的我遇見了真愛，她名叫魯拉。我無法與妳結婚了，請當作沒這樁婚事吧！另外，說來很不好意思，能不能把我送妳的紅寶石戒指還我？那是我家的傳家之寶，家母臨死前交代我要將它送給未來的妻子。最近我會請家僕賽門去府上拜訪，屆時請妳將戒指交給他。祝妳幸福。

愛德蒙」

「愛德蒙。」

「我的青梅竹馬，我的前任未婚夫。」

「虧他還含情脈脈的說過『我愛妳』呢！明明再半年就要結婚了，居然寄這種信過來！應該親自登門拜訪，當面好好道歉才對吧？真是沒禮貌的膽小鬼！」

艾拉感到無比寒心，心頭只剩下憎恨跟輕蔑，尤其後半部的內容，更是令她怒火中燒。

「要我把戒指還給他？」

她顫抖著握緊戴在手上的戒指。

這是只鑲著巨大紅寶石的金戒指，它在陽光下閃耀得有如熊熊烈火，在月光下則像石榴般幽暗。

「這是我家的傳家之寶，也是家母的遺物。」

那時愛德蒙一邊說著這番話，一邊為艾拉戴上戒指。從那之後，艾拉便一直戴著這枚戒指。

「事到如今，卻說要我還給他？好讓他戴在別的女人手上？」一股恨意從艾拉的心頭湧上。

「我饒不了他……」艾拉咬牙切齒的低聲咒罵道。

愛德蒙要走就走，無所謂！但這跟戒指是兩碼子事，這紅寶石本來是我的，它象徵著愛德蒙對我的愛，現在竟然要戴在別的女人手上？想都別想！

艾拉脫掉戒指，放在銀色盤子上，接著用小刀割開手指，將血滴在戒指上。她不知道自己為什麼要這麼做，或許是惡魔的唆使吧？

她異常興奮的反覆呢喃：

「祝每個得到這顆紅寶石的女人，全都淒慘落魄。」

蘊含憎恨的血液，一滴滴滲入紅寶石裡，原本鮮豔的紅色，逐漸轉化成暗沉的深紅色。

即便用手帕將戒指擦拭乾淨，紅寶石底部仍閃著一抹幽暗的火光。

艾拉喃喃說道：「這是詛咒。我對這顆紅寶石下了詛咒。」

該罵的都罵了，艾拉的心情也好了不少。幾天後，愛德蒙的家僕賽門前來拜訪時，她二話不說就交出戒指，甚至還微笑著說：「請幫我轉告愛德蒙，祝他與愛人幸福美滿。」

一年後，愛德蒙的妻子過世了。

愛德蒙夫妻後來不僅被親戚排擠、工作不順利，只能一一變賣古董、珠寶維持生計。然而，無論日子過得多苦，妻子始終不願意賣掉紅寶石戒指。夫妻倆為此爭吵好多次，導致兩人的感情也變差了。

聽說到最後，他的妻子失去理智，口中叫喊著：「紅眼惡魔要殺掉我了！」然後就縱身一躍，跳下懸崖。而她跳崖時，紅寶石戒指仍緊緊戴在她手上。

至於愛德蒙，他連像樣的喪禮都辦不出來，從此消聲匿跡。

當這些事傳進艾拉耳裡時，她臉上浮現藏不住的笑，她知道自己的詛咒成真了。

「活該，這就是羞辱我的下場！」

沒過多久，艾拉和一名體貼的男子結婚，並生下一個女兒，成為一個家的女主人，忙碌的生活著。愛德蒙夫妻與紅寶石戒指的事情早就被她拋諸腦後。

再度想起戒指，已是二十年之後的事了……

「我真是個幸福的女人呀！」

某天下午，已經四十二歲的艾拉，滿足的嘆了口氣。

這二十年來，艾拉過得很幸福，丈夫體貼又能幹，每年都會贈送她新的珠寶首飾，沒有一年例外。而她最愛的女兒琳達也出落得亭亭玉立，美得令人屏息，堪稱上流社會之花。

「接下來，要是琳達能找個好對象結婚，我的人生就沒有遺憾了。」艾拉衷心祈求。

然而天不從人願，琳達喜歡的對象，竟是一名外國水手。

艾拉得知此事後，感覺就像被推落到無底深淵。開什麼玩笑？像琳達這樣子的淑女，嫁給貴族也不成問題，艾拉本來就是打著這如意算盤，才盡力栽培女兒學習禮儀、教養與舞蹈。

「如果是船長就算了，還想嫁給一個小水手？妳想丟光我們家的臉嗎！這教我拿什麼臉見人？不准再去找那男人！懂嗎？」

艾拉尖聲大吼，琳達卻靜靜的搖了搖頭。

「媽媽，我愛他。我已經和他訂下婚約。」

「什麼婚約！妳瘋了嗎？」

「我沒瘋，他送的戒指我也已經收下了。」

琳達亮出左手，她的無名指確實有一枚戒指，上面鑲著宛如熊熊烈火的紅寶石。

剎那間，艾拉一陣耳鳴。她一眼就看出來了，就是那枚戒指！

那是愛德蒙的傳家戒指，被艾拉所詛咒的紅寶石。不，不會吧？

絕對不可能。假若真是那枚紅寶石戒指，區區一名水手，怎麼可能買得起？

艾拉拚命深呼吸，刻意擠出輕蔑的笑容說：

「他居然有臉送那種便宜的假寶石戒指？無論怎麼想，那個人都不愛妳呢！」

「這是真正的紅寶石。」琳達氣呼呼的反駁。「他是專門運送寶石的水手，眼光不會錯的。他是在古董市場看到這顆紅寶石，雖然價格很便宜，但他知道這是真貨。而且買回家之後，他也仔細檢驗一番，確定這是貨真價實的紅寶石。」

琳達的話讓艾拉頓時無言以對。

「這麼大顆、顏色又鮮豔，我想賣家一定也誤以為它是玻璃珠了。」

不對，不是這樣的！

艾拉差一點叫出聲音，那是不祥的紅寶石啊！一定是誰戴了它就會遭到厄運，才會淪落到古董市場低價賣出。那個水手居然給琳達這種玩意兒，艾拉越想越覺得他不是什麼好東西。

她不分青紅皂白的將戒指從琳達手上拔下來，從窗戶扔進院子裡的池塘。

「媽媽，妳做什麼！」

「這種東西配不上妳！那個水手也配不上妳！無論如何，我是不會允許妳結婚的！沒錯，妳想都別想！老公，把這孩子關進房間裡！」

「媽媽，不要！」

「不，這是為了妳好！我不能讓惡魔接近妳！」

「怎麼這樣……爸爸，不要！求求你們！」

「琳達，聽媽媽的話。妳只是一時沖昏頭而已。在房裡好好想一想，很快妳就會想通了。」

艾拉與丈夫協力將琳達關在二樓的房間裡，牢牢上鎖。這麼一來，琳達就不能出門，要是水手來了，把他攆走就好。相信琳達很快就會恢復理智，也會明白嫁給貴族，比嫁給水手好太多了。

卸下心中大石的艾拉，終於能安心的與丈夫回房入睡。

沒想到……

隔天早上，一股強烈的不祥預感驚醒了艾拉。

「怎麼回事？好像快窒息了。」

她趕緊衝到窗邊，想打開窗戶呼吸新鮮空氣，沒想到看見了令她難以置信的景象。

是琳達。她浮在白霧籠罩的池塘水面上。

「琳達！」艾拉慘叫一聲，衝進院子。她奮不顧身的跳進池塘，一心只想救出女兒。

池水的高度只到胸口，卻寒冷徹骨。儘管艾拉快喘不過氣，仍然拚命往前游，總算抓住琳達了。她的丈夫隨後趕到，兩人好不容易才把琳達拖上岸。而琳達已變得蒼白冰冷，臉頰跟身體都蒙上一層白霜。

「天啊！不要！琳達，睜開眼睛！求求妳！」

「妳千萬不能死！琳達！爸媽馬上救妳！喂，來人啊！快去請醫生來！」

「琳達！我可愛的天使！怎麼會發生這種事……」

此時，艾拉赫然發現，琳達蒼白的手指上，戴著那枚戒指。

那一刻，她恍然大悟。

琳達一定是趁夜晚無人注意時，爬窗出來，再沿著牆壁偷偷溜到院子，準備要去會面情人。原本可以直接去找情人，卻因為想尋回定情戒指而進到冰冷的池塘裡。好不容易找到戒指戴上後，自己也力盡而亡。

「祝每個得到這顆紅寶石的女人，全都淒慘落魄。」

紅寶石在朝陽下發出不祥的光芒，彷彿對著艾拉如此說道。

那滿懷惡意的嗓音，怎麼聽都像是惡魔的聲音。

而那……

正是艾拉自己的聲音。

紅寶石

紅寶石在日本又稱為紅玉，那鮮豔的紅色，容易使人聯想到鮮血或火焰。因此，紅寶石也代表「熱情」、「愛的勝利」。不過，若是紅寶石的主人扭曲了那股力量呢？嫉妒、憎恨……這種錯誤的熱情一旦注入紅寶石，後果恐怕不堪設想。

毛糞石

不被禁錮之心

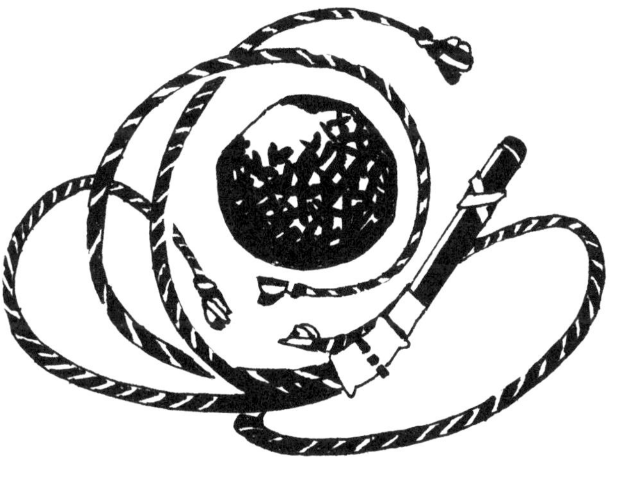

奴隸少年亞巴一邊仰望著天空，在心裡一邊想著：「好想變成一隻鳥啊！」

要是能變成鳥，就能掙脫沉重的頸銬，飛上天空，回到故鄉。

「好想回去家鄉……」

亞巴原本是大草原民族「薩努巴族」的孩子，生活得自由自在。卻在兩年前獨自外出摘水果時，被奴隸商人抓走了。

奴隸商人用鎖鏈銬住了亞巴，將他帶到遠離大草原的繁榮都市——巴格達。巴格達是那時阿拉伯人的首都，城內到處都是商人四處擄來的奴隸。

亞巴擁有黑碳石般的黑髮與黝黑肌膚，非常罕見，這也吸引了大貴族賈佛將他買下。

賈佛是個冷酷無情的男子，平時以鞭打奴隸為樂。亞巴至今已經挨了無數鞭子，有時背部也被打得皮開肉綻。在長期被鞭打的日子裡，那種痛苦更讓亞巴逐漸放棄逃跑的念頭。

況且，賈佛賞罰分明，對於將工作做好的聽話奴隸，就會給予稱讚，偶爾還會賞些甜品作為獎賞。為了不受鞭打之苦、為了得到主人的讚美與點心，亞巴拚命工作。

終於，賈佛滿意的對亞巴說：「所有奴隸中，你是我最中意的一個。」

亞巴卻突然察覺，現在的自己只會看主人臉色做事，偶爾被誇獎幾句還喜孜孜的，頓時感到好害怕！如果自己的心也被奴役，這下就是真正的奴隸了！

不能再這樣下去了，非逃不可！

雖然想逃走，但一想起挨鞭子的痛苦，就令亞巴提不起勇氣。

「你就是奴隸。這樣不是很好嗎？只要當個好奴隸，不僅不用挨打，還能吃到甜食。認命吧！一旦接受命運，就再也不用煩惱，也不用受苦了。」

亞巴衷心憎恨自己的懦弱，怎麼可以懷有這種想法呢？可是，就算內心悔恨又如何？依照這個情況，身心都變成一名真正的奴隸，只是早晚的問題罷了。

即使如此，今日的蔚藍天空，還是令亞巴想起故鄉與家人。

「好想回家……要是能回去的話……」想到這裡，眼淚差一點奪眶而出，亞巴趕緊咬住下脣。

稍早賈佛才吩咐亞巴宰一頭山羊，將羊肉處理好交給主廚。要是被看見發呆或掉眼淚，就又要挨鞭子了。

「你這孩子真是不受教啊！看來我得好好教訓你才行。」

亞巴腦中清楚浮現賈佛笑嘻嘻揮著鞭子的模樣，嚇得一邊顫抖，一邊拿起小刀。

身為狩獵民族的薩努巴人，亞巴在三歲就得到狩獵的弓箭，也從大人身上學會肢解獵物的技巧。現在才十二歲的他，可比這裡的主廚還擅長切割內臟與肉塊。

一隻山羊，就在羊舍後方等著亞巴。

亞巴俐落的屠宰山羊、放血、剝皮，並將肉塊與內臟分別放在不同的大器皿裡。比較好的肉給主人們，內臟跟筋比較多的部分則是奴僕們的食物。在亞巴處理羊肉的過程間，沒有任何人來幫忙，因為大家都知道，處理肉類只要交給他就夠了。

正當亞巴取出羊胃時，赫然發現裡面有一個奇怪的大硬塊。

「這是什麼？」

他將硬塊擠出來並沖洗乾淨，原來是一顆石頭。這顆石頭的表面很光滑，顏色像油彩一樣黃綠交融。

難道是山羊不小心將石頭跟草一起吞下肚？不，尺寸這麼大，不可能吞得下去。這石頭可是跟亞巴的拳頭差不多大呢！

不管怎麼說，在山羊胃裡找到石頭，實在太奇妙了。尤其是顏色，亞巴看到石頭上美麗的綠色與黃色，不禁聯想起故鄉的大草原。

看著看著，亞巴心頭忽然湧起一股暖流。這一定是薩努巴族的守護神所賜予的禮物。石頭似乎對他說著：

「不要丟了薩努巴族的尊嚴。不要連心都被人所奴役。」

亞巴將石頭收進懷裡，暗自決定將這件事藏在心底。

「總有一天……我一定會逃走。」他不自覺喃喃自語。

奇怪的是，亞巴不再想起被鞭打的痛苦了。難道是這顆奇妙石頭的關係嗎？

當晚，主人賈佛邀請王公貴族來宅邸參加晚宴，滿桌山珍海味令人目不暇給，各國也派出雜耍藝人連番上陣，表演各種精彩雜耍秀。

亞巴隨著賈佛出席晚宴。珠光寶氣的貴族們，都各自帶了自己最喜歡的奴隸和醫生前來，但是，在場沒有人的皮膚像亞巴這麼黑。

「各位覺得如何？這是我兩年前買到的薩努巴族之子，相當罕見吧？」

「皮膚真的跟黑碳石一樣呢！」

「簡直就像從黑夜中誕生的孩子。」

「而且，他的眼睛好大，真美。」

「賈佛大人，您這奴隸真是買對了。」

「下次，我也叫奴隸商人多抓幾個薩努巴人好了。」

「哎呀，真是好主意。我也來向商人下訂吧！我喜歡年輕女孩。」

貴族們高聲談笑的每一個字，都狠狠刺入亞巴的心。

「多抓幾個薩努巴人？千萬不要！我一個人承受當奴隸的痛苦就夠了！」

正當亞巴快要放聲大叫，朝賓客們撲上去時——

一名穿著特別華麗的青年，突然大聲呻吟。前一刻他還眉開眼笑，剎那間卻面色慘白，口吐藍綠色泡沫。

「殿下！」

「薩爾曼王子！您怎麼了？」

眾人一時之間不知所措，此時，一名穿著黃袍的老人匆匆趕來，對著抽搐的王子探了探鼻息，果斷說道：

「王子可能中毒了。」

眾人的視線，頓時全集中在這場宴會的主人賈佛身上。賈佛一張胖臉，轉眼間越來越蒼白。

「絕……絕無此事！我怎麼敢做出如此大逆不道的事情！我不可能對偉大的王子殿下下毒……」

「可是，府上端出來的料理，確實有毒啊！」

「若是王子有個三長兩短，國王絕對不會放過你的。」

「說不定得五馬分屍呢！」

「不……不行……我是清白的！大夫！想想辦法呀！寒舍什麼藥都有，您要什麼儘管說，請您務必救救陛下！」

現在，賈佛的命脈與瀕臨死亡邊緣的王子連結在一起。要是王子死了，賈佛也活不了。這一點，連身為奴隸的亞巴都知道。

只見黃袍大夫搖搖頭。

「很遺憾，一般的解毒劑是沒有用的。不過，若是有毛糞石，事情就另當別論。」

「毛糞石？那是什麼？」

「在山羊跟鹿的胃裡，偶爾能找到這種石頭。」

亞巴聞言為之一震，不過沒有人注意到。

「貝殼孕育著珍珠，而野獸的胃裡則孕育著魔石。這種石頭多半跟嬰兒的拳頭差不多大，有白色的，也有咖啡色混雜黃色的，而帶著綠斑的大型糞石，魔力尤其強大，據說什麼毒都能化解。」

大夫繼續往下說。

「真的有那種東西嗎？」

「嗯……看樣子，賈佛大人的貴府並沒有這種東西。這也難怪啦，畢竟它是稀世珍寶，就連我也只看過一次。」

大夫滿懷哀傷的望著賈佛，他的臉上彷彿寫著：我看這個人沒戲唱了。

這段期間，亞巴一直看著倒在地上的王子。王子的臉已經變成紫色，兩眼翻白。大夫命令奴隸們餵王子喝水，好讓王子將毒吐出來，可是王子咬緊牙根，所以不管奴隸們再怎麼努力，還是徒勞無功。

亞巴暗想：「這種人，乾脆死掉算了。」

他是真心這麼想，王子方才在席間也說過「想要薩努巴族的奴隸」的言語，萬一王子活下來，會發生什麼事？肯定會有大批奴隸商人闖入家鄉的大草原，達成王子的要求。亞巴的腦海，再度浮現親朋好友被銬上枷鎖，魚貫走向首都巴格達的可怕情景。

當亞巴撇開目光時，忽然感覺背後吹來一陣風。風中有大草原的味道。

「無論何時何地，無論面對任何人，都要當個有尊嚴的薩努巴族之子。」

父親從前的教誨，驀然迴盪在耳畔。亞巴用力閉上雙眼，然後往前踏出一步。

「大夫，我有毛糞石。」

「你說什麼？」大夫詫異不已。

亞巴從懷中掏出毛糞石，亮出來給眾人看。

「是真的，這真的是從山羊的胃裡拿出來的。請用這東西救王子。」

亞巴沙啞的低聲說完後，便將石頭遞給大夫，接著謹守奴隸本分的退到一旁。

大夫半信半疑的將石頭送入王子口中，不一會兒，王子的喉嚨開始上下起伏，一大塊肉就這樣吐出來了！王子死灰般的面龐逐漸恢復血色，大夫不禁大聲歡呼。

「吐出來了！呼吸恢復了！」

「意思是說……」

「沒錯。王子得救了！」

賈佛虛弱的癱坐在地，一張大臉滿是淚水。

不過，亞巴的內心一點波動也沒有。他不為王子得救感到開心，也不在乎賈佛的死活。他只有滿懷不安，頻頻自問：「我的選擇，真的是對的嗎？」

幾天後，亞巴被召入宮中。賈佛沒有受邀，只有亞巴一個人收到皇宮的邀請。

亞巴戰戰兢兢的走在純白色大理石磁磚上，然後恭敬的跪在黃金寶座前方。

巴格達的統治者——沙萬達，就坐在高聳的寶座上。國王在沙場上戰無不勝，即使年歲已高，身體依然硬朗，眼神比老鷹還要銳利、冷酷。

亞巴不禁渾身發抖。

「好可怕。要是稍微忤逆國王、或是稍稍惹他不高興，轉眼間就會人頭落地。小心一點！你是奴隸。亞巴，你要當個稱職的奴隸。當個好奴隸，就能保住小命。」亞巴如此說服自己。

此時，沙萬達國王威嚴十足的問道：

「你就是賈佛那個膚色如黑夜的奴隸嗎？多虧你交出毛糞石，才救了王子一命。雖然你是卑賤的奴隸，王室也是有恩必報。

想要什麼儘管開口，君無戲言，必定使你得償所願。」

咕嚕！亞巴吞下一口唾液。

原本還以為國王會逼問「如此珍貴的毛糞石，怎麼會在你這種奴隸手裡？」想不到居然能得到獎賞。

面對這突如其來的賞賜，亞巴差一點腦袋當機，但此時，他腦中忽然浮現故鄉的景象。一望無際的大草原、潛伏在草叢裡的飛禽走獸、夜晚的滿天星斗、懷念的鄉村和家人的笑容……

滿腔熱血，頓時湧上亞巴心頭。

亞巴連頭也不敢抬一下，悄聲訴說自己的心願。

「小……小的只有一個願望，請不要再抓薩努巴人當奴隸。能不能請陛下幫忙呢？求求陛下！」

國王的冰冷眼眸有了一些變化，首度對亞巴產生興趣。

「這倒有趣。我還以為，你會求取自己的自由呢！」

「比起我一個人的自由，我更希望族人都能自由自在。」

只要最愛的家人能在大草原上幸福自在的生活，就算自己一輩子當奴隸也無妨。亞巴心意已決。

「以前家父曾經告訴我，無論何時何地，無論面對任何人，都要當個有尊嚴的薩努巴族之子。」

沙萬達國王閉上眼睛，沉默良久。這陣沉默對亞巴而言，就像鞭刑般難熬。難道是惹他不高興了？區區一個奴隸，竟敢大放厥詞，會不會惹怒了國王？亞巴忐忑不安。

國王終於睜開眼睛，筆直注視著亞巴。

「好吧！今後，奴隸商人不會再踏入大草原一步。我會以國王的名義制定法律，因為我想跟有尊嚴的民族當朋友。你叫什麼名字？」

「小的叫做亞巴！」

「好，亞巴，轉告你的族人，今後巴格達國王就是你們的靠山。對了，你不必特地回巴格達。我會告訴賈佛，你在回城的路上被野獸咬死了。」

「意思是說，我已經自由了？」

「這還需要問嗎？好了，去吧！聽說薩努巴人跑得跟風一樣快，就讓我見識一下，傳言是否屬實？」

國王笑著說完，便從寶座走下來，用短劍卸下亞巴脖子上的頸銬。

鏘！束縛亞巴脖子長達兩年的頸銬，就這麼掉到地上，發出巨響。

亞巴目瞪口呆。這回，沙萬達國王將自己的手環取下，遞給亞巴。那是一只沉甸甸的黃金手環，密密麻麻的鑲滿小小的寶石。

「只要你戴上這個手環，就沒人敢對你下手。因為這是國王的象徵。不過，你得把毛糞石交給我，此後，它將是王室的傳家之寶。勇敢的孩子，祝你一路順風，平安回到你的家。」

亞巴完全說不出話，因為他已流淚哽咽。

「怎麼回事？我可以回家了！終於能回到魂牽夢縈的故鄉，回到家人身邊了！」

「大家看到我，不知道會露出什麼表情？如果他們知道奴隸商人再也不會出現，不知道會有多開心！」

亞巴好不容易才站起來，親吻國王的手，然後離開大廳。

一走出王宮，他就跑了起來。

回家了！回去大草原，回去家人身邊！

少年飛奔的步伐像極了鬣羚，眼神則比任何寶石都明亮。

毛糞石

山羊跟鹿的胃裡偶爾會出現的一種胃石，就叫做毛糞石。從前毛糞石在歐洲是最棒的解毒藥，因此價格高昂。不只歐洲，中國與非洲地區也深知毛糞石的妙用，因此常用來作為藥材。從奇怪的地方找到的石頭，人類總是覺得有一股特別的魔力。它不算是礦物，所以沒有寶石語，倒是有幾個根據不同動物胃中取出而產生別名，例如：「牛黃」、「馬寶」、「狗寶」。

貓眼石

圖坦卡門王的詛咒

圖坦卡門王駕崩了。

他還只是個少年啊！

如果他長大成人，一定是個能好好統治埃及的明君。真是太令人難過了。許多埃及人知道這項消息後紛紛落淚，為年少的國王哀悼。

然而，也有些人活像見獵心喜的胡狼，那就是盜墓集團。

「你們聽說了嗎？圖坦卡門王的墳墓，埋了很多價值連城的稀世珍寶！」

「我也聽說了。黃金馬車、黃金劍……當中最棒的就是國王棺材了！據說是純黃金打造，上頭鑲了好幾百顆寶石呢！」

「不偷怎麼對得起自己呢？」

「就是說啊！不過，我們還得等一等。一旦葬禮結束，士兵就都走光了，到時我們再偷偷溜進王室陵墓。」

堤莎坐在盜墓集團的藏身處角落，心不在焉的聽著他們的邪惡計畫。

這個十歲的少女，並非盜墓集團的一員。她原本住在尼羅河下游，是牧羊人的女兒，在半個月前被拐騙到這兒。

「有個富家太太想要僕人，只要能當上那家的僕人，即使是年幼如堤莎，也能賺到很多薪水。這麼一來，就能讓家人過上好生活了。」

當初就是被那些花言巧語所騙，本以為可以多賺錢的堤莎，卻被帶到盜墓集團的藏身處。從那以後，她每天就必須為盜墓集團煮飯、鋪床，做種種家務。她不敢輕易逃走，因為盜墓集團曾威脅過，要是敢逃走，她家人就死定了。

堤莎滿懷憎恨的瞪著盜墓集團：「據說王室陵墓設下了許多詛咒。那些人最好被詛咒纏身吧！」堤莎在心中暗自咒罵，一邊將黏在鍋底的剩菜收集起來，走到藏身處外面。

外頭是一望無際的沙漠，夜晚又黑又冷，但還是比待在裡面好多了。裡頭臭氣沖天，還充斥著盜墓集團的惡意。因此堤莎總是在外面吃飯，盜墓集團知道她不敢逃跑，所以也沒說什麼，放任她這麼做。

堤莎坐在冰冷的沙地上，吃起又黏又油的剩菜。突然，前方不遠處隱約閃出些許亮光。似乎有兩個圓形物體，發出亦金亦綠的光芒。

堤莎立刻提高警覺，待她看清後，很快又卸下心防。原來那

是一隻貓。牠的毛很凌亂，毛色跟沙漠一樣，瘦骨如柴。唯有那雙凝視提莎的眼眸，比任何寶石都美麗。

「你肚子餓了吧？」

提莎將剩菜當中最像樣的碎肉扔給貓咪。雖然自己也很餓，可是貓咪太瘦了，讓她實在於心不忍。

貓咪不客氣的大口吃肉，很快就將碎肉吃光了。提莎又將帶有一點點肉的羊骨扔給貓，接著又給牠吸了湯汁的硬麵包。等到食物全部吃光光之後，貓咪大概知道提莎不會再給食物了，於是先感激的望著提莎，然後才跑進黑暗中。

提莎覺得胸口湧現一股暖流。

「明天，牠一定也會來的。」

如提莎所料，貓咪每晚都來向她討食物。她總是能給多少就給多少，如果剩菜不夠，就咬牙將食物分給貓咪。

多虧提莎的餵食，貓咪變得越來越胖，原先乾燥的毛也有了光澤，一雙大眼更加美麗。不僅如此，牠也習慣了提莎的存在，願意讓提莎伸手撫摸。那柔軟的觸感，帶給提莎莫大的安慰。

「你真的好漂亮，尤其是那雙眼睛，簡直跟寶石沒兩樣……

唉，真希望你是貓之女神芭絲特的使者，這麼一來，你就能代替我拜託芭絲特女神，幫助我逃離那些人了。」

貓咪只是在堤莎懷裡舒服的發出呼嚕的聲音，其他什麼回應也沒有。堤莎嘆著氣放開貓咪，對牠說聲「明天見」，轉身就回盜墓者的巢穴了。

當晚，蜷縮在破布上睡覺的堤莎，突然被大聲叫醒。堤莎一睜開眼，就被圍繞在她床邊的盜墓者嚇得發抖。他們個個都用黑布蒙面，腰間掛著繩索或短刀。

「起來，要幹活了。」

堤莎跟著盜墓集團走過夜晚的沙漠。每走一步，她都覺得背脊越是發涼。越來越近了，堤莎明白，他們正在靠近一個不該靠近的地方。

她猜的沒錯，盜墓集團的目的，就是趁夜闖入王室山谷。這裡是王室陵墓，世世代代的埃及王都長眠於此。據說此處非常可怕，四周設下不知多少陷阱與詛咒，以保護國王遺體與陪葬的寶藏。

堤莎腦中忽然想起少年王圖坦卡門的傳聞。圖坦卡門王的葬禮結束已久，盜墓集團大概是覺得時候到了，因此才決定動身。

突然，盜墓者將火把硬塞給渾身顫抖的堤莎，把她推到前面。那兒有個新入口，入口後方是通往地下的階梯。

「好了。堤莎，好孩子，妳先下去吧！」

「咦？什麼？」

「我們在妳腰間繫上繩子，妳往下直走，如果走到繩子拉直都平安無事，妳就拉兩次繩子，我們再下去。還有，看到值錢的東西也要打暗號，知道嗎？」

「叫我一個人進陵墓？才不要！太可怕了，我辦不到！」

堤莎哭了起來，不料，盜墓集團老大亮出冰冷的刀子。

「如果妳不聽話，我現在就殺了妳。不只如此，妳的家人也別想活命。難道妳無所謂嗎？說呀？」

這麼一威脅，提莎也只能抽搭著點頭了。

盜墓集團目送少女拿著火把慢慢下階梯，露出邪惡的笑容。

「那小鬼會不會死？」

「要是死了，就代表少了一個陷阱或詛咒。當初擄走她就是為了今晚，總得讓她派上用場呀！」

「對。小孩子才好，畢竟小孩能鑽進狹窄的地方，而且也最容易中陷阱。若是她順利找到寶藏，要不要給她個獎勵？」

「能給她的獎勵只有一個，就是死亡。」

「說得也對，嘿嘿嘿！」

堤莎一步步走下陰暗的階梯，完全不知道盜墓集團的盤算。四周黑漆漆的，唯有手上的火把發出光芒，其他地方伸手不見五指，盡是一片黑暗。

堤莎怕得心臟快要從嘴巴跳出來了。要是鬼魂從黑暗中冒出來怎麼辦？要是牆壁長出骷髏手，抓住她怎麼辦？她滿腦子都是可怕的想法，簡直快發瘋了。

提莎忽然聽見貓叫聲。

「咦？」她舉起火把，照亮前方。

是那隻貓！牠的眼睛閃爍著金光，望著提莎。方才的恐懼感，頓時飛到九霄雲外。提莎也不去想貓咪為什麼會在這個地方，不自覺的朝牠伸出手。

「貓咪，過來，過來我這邊。」

沒想到貓咪轉頭就跑，不過，才跑了幾步，牠又回頭望著提莎，彷彿想叫她跟上。

提莎渾然忘我的追著貓咪。她忘記自己身在陵墓，也忘記了盜墓集團的威脅。堤莎此時只想著一件事，最喜歡的貓咪朋友就在前方，要趕緊追上牠才行！

堤莎終於抵達樓梯底部，來到平坦的通道。

但是貓咪不見了，無論堤莎怎麼喊都沒有得到回應，哪兒也沒看到貓咪的身影。

獨自遺留在黑暗中的堤莎，再度被恐懼感侵襲。

「不要走，不要留我一個人！」

堤莎哭喪著臉，繼續沿著牆壁向前，就這樣一路走到了盡頭。

從入口到這裡只有一條筆直的路，沒有岔路也沒有洞穴。換

句話說，這裡不僅沒有寶藏，也沒有任何東西。不知道失望的盜墓者們，屆時會做何感想？大概會揍自己出氣吧？不，說不定會做出更可怕的事。

想到這裡，堤莎不禁渾身顫抖。

此時，盡頭的另一側，竟傳出了貓叫聲。

難道牆壁另一頭還有路？

堤莎摸著牆壁，只有這面牆的表層不是石磚，而是泥灰。一定是後來才塗上去的。仔細一看，上面稍微塌了一個小洞，貓肯定能鑽過去。

提莎踮起腳尖，想把洞穴開得大一點。她用火把的柄不斷敲打牆壁，將洞穴口越弄越大。大功告成後，提莎先把火把丟過去，接著縱身一躍，穿越洞穴。牆壁的另一側，果然有個房間。

提莎屏住氣息，整個房間堆滿了令人目不暇給的寶藏！

這些全都是圖坦卡門王生前喜愛的東西，黃金打造的國王雕像、象牙椅、仿造獅子外型的躺椅、鑲滿寶石的杯子與豎琴、精雕細琢的戰車……

王室家僕們特地埋下這些陪葬品，是為了使國王復活時能舒適、自由的生活。那些排列得密密麻麻的箱子，肯定也裝了各種寶藏。

一眼望去，偏偏少了最重要的東西——

國王的棺材。

據說，國王的遺體葬在八層棺材裡。首先是鍍金的四層棺材，接著是石棺，再來是三層仿造人類外型的棺材。然後，最後一層棺材是純黃金打造，這就是盜墓集團滿腦子最想要的東西。

如果傳言屬實，八層棺材應該非常巨大。不過，此處完全沒有類似的物品。堤莎想再仔細搜索一下，於是舉起火把一照，赫然發現還有兩道泥灰牆。牆壁另一側肯定是房間，其中一間房，就是圖坦卡門王棺材的所在地。

仔細想想，真是個可憐的國王，年紀輕輕就過世，而且過世之後，可惡的盜墓集團還覬覦他的金銀財寶。然而對此，提莎也無能為力。

「請原諒我，我是被脅迫的，拜託不要詛咒我。」

提莎一邊祈禱，一邊用力拉扯繫在腰間的繩子兩下。

「好了，接下來就沒我的事了。盜墓集團很快就會過來打破泥灰牆，將金銀財寶搜刮一空，甚至連棺材也不放過。」

一想到這兒，堤莎的腹部突然痛了起來。疼痛逐漸加劇，讓她忍不住解開繩子，深呼吸好幾次還是沒用。貓叫聲又再度出現，是那隻貓咪在呼喚堤莎。

猶豫片刻後，堤莎決定去找貓咪。

她想寶藏已經找到了，盜墓集團應該不會在意她的去向吧？

循著貓咪的聲音摸索著，堤莎發現地上有個洞穴，像被刻意藏在寶藏後面。洞穴下面是狹窄的地下通道，而貓叫聲就是從那邊傳來的。

堤莎單手舉著火把，小心翼翼的走進通道。才走沒兩步，後面便傳來聲響，回頭一看，剛才的洞口居然消失了！看來這是一條密道，一旦進入，就無法回頭了。

不過，堤莎一點都不害怕。回去也只是跟盜墓集團大眼瞪小眼，既然如此，不如進入這條不知通向何方的通道，盡情尋找貓咪。

她走了很久，一會兒走進狹窄的岔路，一會兒跨越高高的障礙，但堤莎從未停下腳步。因為只要一停下來，貓咪就會發出聲音呼喚她。

「快過來，快過來呀！」

堤莎覺得貓咪好像如此催促著自己，於是不停的向前趕路。

突然，她感受到光芒，像是兩顆寶石在黑暗中燃燒。

「原來你在這裡！」堤莎歡天喜地的衝過去抱緊貓咪。貓咪好柔軟，散發著沙漠之風的味道。

不，不對。是真正的風！風是迎面吹來的！

抬頭一看，只見夜空中繁星點點，原來已經到陵墓外面了。

再環顧四周，一個盜墓者也沒有，大概都進到陵墓了吧？

堤莎才意識到，自己自由了！

應該趕快趁現在回家，不對，必須先去王宮一趟，告訴他們有一群盜墓者闖入圖坦卡門王的陵墓，好將這批人繩之以法。

「你也跟我來吧！來我們家和我生活在一起。」

堤莎想對貓咪低語時，才發現懷裡的貓早已經不知去向，不知牠到底跑去哪兒了？當堤莎左右張望之際，忽然察覺手中有個圓圓的物品，她戰戰兢兢的打開來一看，是一顆圓形的大石頭。

金茶色的石頭，令人不自覺想到沙漠，並在星光的折射下閃爍著綠光。而石頭的正中央，有一條銀色的線，宛如貓的眼睛。

堤莎注視著這顆貓眼般的石頭，正看得入神時，又驚醒過來，再度握緊石頭。

「我還有事情得做，該動身了。」

堤莎朝著王宮奔跑，黑夜與沙漠的毒蟲都無法再讓她感到害怕，因為堤莎感覺得到，那隻貓正陪伴在她身邊。

隔天，軍隊在堤莎的密告之下進入圖坦卡門王陵墓，發現十五個盜墓者的屍體。

他們的面容因恐懼而扭曲，皮膚泛黃。他們大概是找到了藏寶的房間，在破壞牆壁時被某種可怕的東西襲擊。

此事很快就傳遍整個埃及，民眾紛紛謠傳是「國王的詛咒」，更是嚴格告誡彼此：「千萬不能踏進陵墓。」

王室也立刻命令水泥師傅，用兩層泥灰牆封住圖坦卡門王陵墓的通道。

「表面上說是為了防止盜墓者的入侵，其實是為了防止詛咒外洩吧？」民眾如此謠傳。

此外，還有另一項傳言，當時還有一名少女，而她是唯一倖存下來的人。

而她的身上，帶著一顆貓眼石。

「貓眼石能消災解厄。

它能看穿黑暗，幫助正人君子。」

民眾對此深信不疑，開始搜刮市面上的貓眼石。

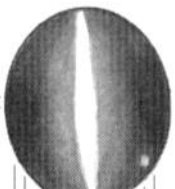

貓眼石

貓眼石的正確寶石名，是金綠貓眼石（Chrysoberyl Cat's Eye）。這種石頭就像貓眼一樣，上頭浮現著一線光芒。人們深信它能看穿黑暗，從很久很久以前，就是民眾用來消災解厄的珍貴護身符。它的寶石語是「預知危險與難關」。

月光石

鬼屋幽魂

我是安・緹斯，第一次見到鬼魂，是在八歲的時候。

當時我們全家到鄉下奶奶家度假，伯伯跟姑姑的家人也齊聚一堂，現在我還清楚記得，那時與堂兄弟們開心嬉鬧的時光。

不過，調皮的男孩們很快就在家中玩膩了，渴望尋找更驚險刺激的冒險。比誰都像個野丫頭的我，當然也不例外。

因此，我跟哥哥湯姆與兩位堂兄——亞當、丹，決定去老房子探險。

那是一幢位於村莊近郊的無人宅邸，荒廢已久，看起來怪陰森的。雜草叢生的院子、爬滿黑色藤蔓的牆壁和破掉的玻璃窗。

原本應該是幢氣派的大宅邸，如今已成廢墟，令人不寒而慄。大人們也再三叮嚀小孩：「那裡有幽靈，絕對不可以靠近！」

鬼屋！

那幢宅邸，怎麼看、怎麼想都一定是鬼屋。因此，我們非得進去瞧瞧不可！當時我們心裡都想著，如果真的有鬼，真想親眼見識看看！

我們爬過崩塌的圍牆，進到院子內。院子的雜草已經長到腰部那麼高，必須邊走邊撥開它們，指尖與膝蓋都被割得刺痛，彷彿在警告我們：快回頭吧！

當然，一群愛玩的孩子才不理會這項暗示性的警告，我們就這麼從大門未關緊的縫隙間溜進屋子裡。

明明是大白天，屋子裡卻漆黑得可怕，而且非常寒冷。地上積著厚厚的灰塵，還有潮濕發霉的味道，若是待久一點，說不定會生病呢！

不過，我們一點也不害怕，還是興奮的繼續向內走去。

「要是有鬼，就把它抓起來！」

我的哥哥湯姆，甚至還說出這種狂妄的話。

我們在一樓四處探索，大致上逛過一輪後，接著繼續前往二樓。怪事就在這時發生了。

好冷。一階、又一階，每登上一階樓梯，就變得更加寒冷。走著走著，我們竟然呼出了白色霧氣。

「回頭吧，不要再進去了。」

我很想這麼說，於是望向身旁的堂哥亞當。只見亞當面色鐵青，目光因恐懼而變得混濁。我知道亞當的想法也跟我一樣，湯姆與丹，肯定也不例外。

即使如此，不知怎麼的，就是沒有人說出那句「回頭吧」，也無法停下腳步。

我們受到一股看不見的力量驅使，緩緩登上通往二樓的漫長階梯。到達二樓後，我們在走廊另一頭，看見了那個「人」。

啊！現在我還記得很清楚。

她是個年輕女子，面容十分美麗、蒼白，看起來非常寂寞。

她穿著老舊而優雅的白色洋裝，領口與袖口綴著細緻的蕾絲。她留著一頭烏黑長髮，髮絲飄呀飄的，彷彿浸在水裡。

女子望著我們，眼神充滿悲傷。她欲言又止的張開雙脣，接著，忽然就消失了蹤影。

我們頓時無法動彈，不久，大概是丹吧？他發出了淒厲的慘叫聲。他這麼一叫，我們也跟著尖叫起來，從鬼屋落荒而逃。

當晚簡直折磨死人了。丹因為被嚇到，導致癲癇發作，緊急送醫治療。至於湯姆跟亞當則是面色鐵青、食不下嚥，結果被大人發現我們闖入鬼屋，用力罵了我們一頓。

不過，我卻冷靜得出奇。起初有點感到驚嚇，但我越是回想，越覺得那個幽靈並不可怕，反倒覺得她看起來好悲傷、好可憐。她的眼神、她的表情……她一定有話想說。稍微聽聽寂寞悲傷的幽魂想說什麼，又有什麼關係呢？

我決定再去鬼屋一趟。

我邀哥哥湯姆一起去，但被狠狠拒絕，沒辦法，只好自己去了。不過我也不敢晚上進入那幢房子，於是趁一大早就偷溜出來，前往鬼屋。

宅邸內部依然很暗，寒意依然不減。我一邊發抖，一邊筆直走向樓梯。

「欸，妳在吧？」

我輕聲呼喚，一面登上階梯。跟上次一樣，越往上走越寒冷，而且一旦踏出步伐，就再也停不下來。爬到頂端後，我再次看見了那個白衣幽靈。她蒼白、美麗而悲傷。

「怎麼了？為什麼妳這麼難過？能不能告訴我？」

我冷得顫抖，輕聲詢問她。

鬼魂移動了，她「咻」的飛到後面的走廊，指向一扇門。

我往前邁步，一心想知道她究竟要說些什麼？

探進已半毀的門扉另一側，是一間大房間。裡面擺著兩張床、兩張椅子、兩個衣櫥與兩面鏡子，所有物品全都是兩個一組。

我一看就明白了。

「雙胞胎？這裡是雙胞胎的房間吧？」

鬼魂對我的問題不予回應，只是專心的注視掛在牆上的鏡子，然而鏡子照不出她的身形。

我輕輕卸下鏡子，慢慢的仔細檢查。鏡子雖然因放置許久而染上灰塵，但沒有任何奇怪之處。我納悶的看著鬼魂，只見她依然面對牆壁，直直盯著剛才掛著鏡子的位置。

原來如此，有問題的不是鏡子，而是牆壁。祕密藏在牆壁裡。

我調查剛才掛著鏡子的位置，你猜怎麼著？壁紙居然有一道縫隙！我將手伸進縫隙裡，裡面有個小洞穴，這種感覺，就像把手伸進小小的果醬瓶裡似的。

指尖好像碰到了某個東西，我隨即伸長手指，奮力勾起那東西，將手從牆裡抽出來。

那是一枚戒指。纖細的銀色戒指上，鑲著一顆發出朦朧白光的月光石。它像是月亮的蛋，顏色白白霧霧，時而如漣漪般閃過銀色的光澤，有如發光的魚鱗。

我從來沒見過如此美麗的寶石，不由得將鬼魂拋在腦後，將戒指套上自己的手指。剎那間，腦中頓時浮現奇妙的景象。

我看見兩個可愛的女孩子。她們穿著同樣款式的荷葉邊蕾絲洋裝，兩人的頭髮長度、眼珠的顏色、身高、甚至是耳朵的形狀，全都一模一樣，一眼就能看出是雙胞胎。

此外，這對姊妹的外貌明明如此相似，卻帶給人南轅北轍的感覺。真不可思議！

姊姊眼神銳利，嬌嫩的雙脣，放肆的露出大膽的笑容。妹妹眼神沉穩，只稍稍勾起嘴角，露出沉著而靦腆的微笑。

開朗而極具魅力的姊姊。

文靜而富有神祕感的妹妹。

樣貌相似又完全相反的兩人，隨著年紀增長，越是討厭彼此。

雙胞胎姊妹擁有自己所沒有的東西，她們無法理解對方，內心一方面厭惡，一方面也羨慕著對方。

十八歲生日那天，父母送給她們生日禮物。姊姊得到珍珠戒指，妹妹則是收到月光石戒指。

兩種寶石都很美。華麗的珍珠，神祕的月光石；兩種寶石都潔白無瑕又熠熠生輝，散發出的氛圍卻截然不同，正適合這對姊妹。

「寶石會分別保護妳們倆，妳們一定要珍惜。」母親的聲音滿懷慈愛。

然而，父母和其他人都不知道，這對姊妹有多麼厭惡彼此。

率先出擊的人，正是行動力十足的姊姊。她想要妹妹的月光石戒指，想要得不得了。姊姊趁隙偷走月光石戒指，將它藏在牆壁裡。姊姊心想，就讓她難過好了！

沒想到，一件出乎意料的事發生了。

就在姊姊偷走戒指那天，妹妹過世了。她想從高聳的書櫃上拿書，竟不小心從梯子上摔落，頭部還狠狠的撞到雕像。

父母非常傷心，意外的是，姊姊比他們更痛苦。直到失去妹妹，姊姊才驚覺自己有多愛妹妹。就是因為太過深愛妹妹，才不能容許對方跟自己不一樣。她將妹妹的死亡怪罪於自己，她認為，一定是因為她偷走保護妹妹的月光石，才會發生這樣的壞事。

想到這裡，姊姊慌亂的跑上樓梯，想將月光石戒指從牆裡拿出來。但因為她太著急，導致在爬到樓梯最頂端時，不小心踩到裙襬。

姊姊完全失去平衡，就這麼從長長的樓梯滾下來。滾到底部時，她美麗的脖子已經被折斷。

影像到這裡就沒了。

我不禁發出慘叫。一時間，我不知道自己是誰，也不知道自己身在何方。那些景象與畫面是如此清晰，令我對雙胞胎的情緒感同身受。

不過，我還是努力回過神來。

我是安・緹斯。今年八歲，現在在鬼屋裡。

我邊拚命回想邊抬頭，赫然看到鬼魂就站在我前方。她悲傷的注視著我手指上的戒指。

我點點頭，表示我明白了。

「妳……想找到戒指，對吧？妳想將偷走的戒指還給妹妹，這份執著實在太強烈，才會使妳變成鬼魂，無法離開，對不對？」

她點點頭，如煙霧般輕柔的飄到窗邊。我隨後跟上，俯視她所指的方向。宅邸後方有片樹林，再往後看過去還有座墳場。

「我知道了。」

我戴著戒指匆匆回到一樓，走出大門繞到房子後面，跑過樹林一看，果然有座墳場。幾塊墓碑並排在一起，每塊墓碑都長滿青苔，分不出是誰的墳墓。

不過，我無須擔憂。有個年輕女子，站在一塊墓碑旁邊。她臉色蒼白、留著黑色長髮、穿著美麗的洋裝，與宅邸的「她」長得一模一樣。但是，我知道這位「她」是另一個人。

一定是妹妹吧？我倒抽一口氣。

怎麼會這樣？這位雙胞胎妹妹居然也跟姊姊一樣，徘徊在這

裡，無法離開。

一靠近妹妹的鬼魂，她便微微一笑，指向旁邊的墳墓。我著手挖開那座墳墓的土，泥土很硬又有怪味，但我還是忍著挖出二十公分深的洞，接著將那枚月光石戒指丟下去，再好好的用土埋起來。

全部處理完畢後，我站起來望向後方。

我看到妹妹的鬼魂，而姊姊的鬼魂也在不遠處，忐忑的偷瞄妹妹。

「妳的姊姊已經將戒指還給妳了，妳就原諒她吧……妳願意嗎？願意原諒她嗎？」我悄聲問道。

妹妹揚起嘴角，她的笑容多麼溫柔、沉穩，多麼令人心曠神怡。只見她緩緩回頭望向姊姊，伸出雙手。

姊姊小心翼翼的靠近她。

「妳願意原諒我嗎？願意原諒我嗎？」

「那當然呀，我可是一直在等著妳。好了，快來吧！」

兩人之間無聲的對話，一字一句流入我心中。

姊姊終於飛奔進妹妹懷裡。兩縷靈魂抱緊彼此，合而為一。徘徊於鬼屋多年的幽魂們，一瞬間就消失在這世上。

這就是我第一次的靈異體驗，從那次經歷之後，我就能在日常生活中看見尚未離開的鬼魂，我也才會成為「靈媒安‧緹斯」。

我想，一定是因為戴過那枚蘊含著鬼魂思念的月光石，啟發了我的第三隻眼。

即便後來再見過無數個遊蕩在這個世界的靈魂，我也絕對忘不了那對雙胞胎，那對宛如珍珠與月光石的雙胞胎姊妹……

咦？你問我為什麼妹妹停留在陽世？難道是捨不得那枚遺失

的月光石戒指？

不，我不這麼認為。

只要姊姊的靈魂多停留在陽世一天，妹妹就無法前往天國。既然一同誕生在世上，離世也要一同前行。她一定是懷著這樣的期盼，才會在陰暗的墓地痴痴等候。

否則，怎麼會抱緊姊姊呢？

這就是我的想法。

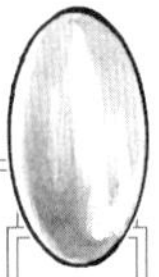

月光石

月光石。石如其名，這種寶石，使人聯想到月亮，被認為是月亮女神賜予的禮物。它柔和的朦朧光輝，使人心頭暖洋洋的，很適合贈送給情人。月光石是一種能增強彼此情感的「戀人之石」，寶石語是「幸運」。

綠松石

旅行者的守護石

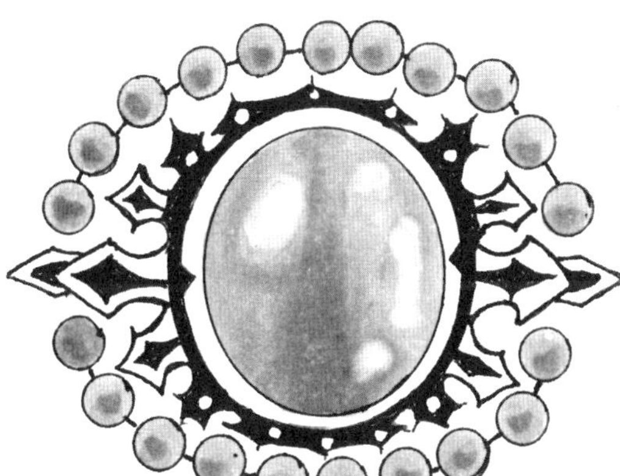

生在貿易之都威尼斯的多尼歐，是個喜愛新鮮事物的十二歲少年。

「天空的另一端有什麼東西呢？大海的盡頭，住了些什麼樣的人？」一旦放任思緒飛馳，就再也停不下來了。他拋開課業，在市場四處遊蕩，忘我的觀賞那些舶來品，聆聽外國商人的趣聞。

父母對兒子的行為感到很擔憂，尤其母親更是坐立難安。

「這孩子為什麼這麼喜歡往外面跑？看他一副不想繼承家裡銀飾店的樣子……這孩子，將來該不會客死異鄉吧？旅行多危險呀！萬一遇上意外、沉船，或是被海盜殺了，那該怎麼辦？」

母親越想越擔心，於是去拜訪城裡知名的占卜師。據說這位波斯老婆婆不只擅長占卜，也懂得各種魔法。母親握緊裝著銀幣的小錦囊，前往占卜師的住處，想請她幫忙製作魔藥，打消兒子對外國的憧憬。

占卜師家中洋溢著異國氣息。空氣中瀰漫著異國的香辛料味與藥草味，屋內散落著用來施法的奇妙道具。

一位老婆婆坐在深紅色地毯上，戴著縫有各式珠飾與銀幣的帽子，棕色皮膚皺巴巴的。她的頭髮雪白，但目光如星星般炯炯有神，彷彿能看穿一切。母親還沒開口，老婆婆就直言不諱的說道：

「妳的願望是不會實現的。」

「咦？」

「妳是為了令郎而來的吧？我也認識令郎，他常常來這兒玩，央求我講各種奇人異事給他聽。那孩子是風，他想去哪兒就去哪兒，在這世界上，沒有任何一種魔藥能使他停止腳步。」

「怎麼這樣……」

老婆婆見母親沮喪的垂下頭，眼神頓時柔和了些。

「畢竟我也是母親，也希望小孩能平安無事、健康長大。妳的心情，我十分了解，我會盡量幫妳的。」

「那麼能不能告訴我，該拿他怎麼辦才好呢？」

母親繼續哀求著老婆婆：「比如說，能不能給我某種魔藥，讓他能對其他事物產生興趣？如此一來，多尼歐就會將旅行的事情拋在腦後，留在我身邊了。」

老婆婆搖搖頭。

「不。我不是說過嗎？那孩子是風。無論妳再怎麼不願意，他總有一天還是會出外旅行。不可以阻止他，如果硬是將他留下來，會扼殺他的心靈。」

「嗚嗚嗚……」

「好了好了，不用哭成這樣。我雖然沒辦法阻止他，不過，倒是有辦法讓妳安心。」

說著說著，老婆婆從旁邊的小盒子裡取出一條手環。手環是由天藍色的綠松石串連而成，每當珠子互相摩擦，就會發出令人心曠神怡的清脆聲響。

「綠松石是保護旅人的寶石。當令郎出門遠行的時刻到來，妳就把這個送給他。務必叫他隨身攜帶，不可離身。」

「有了這個，就能保他旅途平安？無論到多麼危險的地方，都能平安回到我身邊？」

「心誠則靈。」

老婆婆又從同一個盒子裡取出一個胸針。上頭鑲著一顆同樣天藍色，且碩大圓潤的綠松石。

「這與手串上的綠松石是親子石，那些小珠子都是這顆母親石的孩子。令郎戴著手環，妳則戴著這個，如果石頭產生裂縫或褪色，就將它浸泡在清水裡，祈禱令郎平安無事。妳的祈求將透過石頭傳達給令郎，保佑他平安。」

母親睜大雙眼，注視著胸針與手環，大顆的綠松石與成串的小綠松石。她對這些石頭產生了一種情感連結，它們簡直就像自己與兒子一樣！

原先占據心頭的不安，轉眼間煙消雲散。母親恭敬的收下手環與胸針，對波斯老婆婆誠心道謝：「謝謝。我覺得心情好像輕鬆多了。」

「那就好。好啦！回去找令郎吧！」

「請問該付您多少錢呢？」

「不用了，就當作是我送給妳跟令郎的禮物。」

「這怎麼好意思？」

「沒關係。唯有他人贈與的綠松石，才能保佑旅人平安。所以不必給我錢。不過，我會去妳丈夫的店裡一趟，屆時可得給我個好折扣呀！」

母親頻頻道謝，離開了占卜師的家。

從那之後又過了幾年，多尼歐長大成人，已成為一名強壯的青年。他再也無法按捺對旅行的渴望。某一天，他終於向母親坦承：「我要搭下一班船，去阿拉伯看看。」

這一天終究是來了。母親在心中哭泣，不過，她還是強忍淚水，對著自己的兒子點點頭。

「去吧，去完成你長年來的夢想。但是，我希望你答應我一件事。」

語畢，母親取出收藏已久的綠松石手環，交給多尼歐。

「咦？這是綠松石嗎？」

「是的，這是護身符。戴上它，任何時候都不能卸下來。多尼歐，這麼一來，你一定能平安回來。只要知道你戴著這手環，我就能安心，所以，你必須隨身攜帶這個護身手環。我只求你答應我這一點。」

多尼歐看起來有些無奈，但還是答應了。

「我答應妳。為了媽媽，我一定會好好戴著這手環。」

「那就說好了！多尼歐，出門萬事小心，我會等待你平安歸來的。」

「好。我出發了，期待我帶回來的禮物吧！」

多尼歐出去旅行了。自從他出遠門的那天起，母親也戴上了綠松石胸針。她每天都會抽空檢查胸針，看看它有沒有傷痕或變汙濁。確定毫髮無傷，她才稍微放心，一邊祈禱多尼歐平安無事，一邊親吻綠松石。

這天，母親照例檢查綠松石，卻嚇得寒毛直豎。綠松石的正中央，隱約有一塊灰色的汙點。剛剛看著它時，明明就沒有呀！多尼歐身上發生了什麼事？唉，真教人坐立難安！母親連忙汲取井水，倒在大大的銀色深水盆裡。她將綠松石放在水裡，拚命祈禱。

「請保佑多尼歐平安無事！請保佑他不要遇上壞事！」母親祈禱了整整一天，連飯都忘了吃。不知是祈禱生效，或是浸水有效，到了隔天，綠松石的汙點就完全消失了。

母親這才鬆了一口氣。

「沒事的，他一定平安無事。」

此後，母親對綠松石胸針更是處處小心、呵護備至，深怕又看見髒汙。但又一個月後，發生了一件不可置信的事情。

當時正在用餐的母親，明明什麼事都沒做，整顆綠松石卻忽然碎裂。眼看小小的藍色碎片四散紛飛，她的臉色倏地變得跟綠松石一樣鐵青。她知道——多尼歐出事了！

該怎麼辦才好？就算想祈禱，綠松石也已經碎掉了。

母親匆匆收集碎片，將它們浸在水裡。不過，碎片怎麼可能復原呢？

「唉，神啊！我不行了！」母親崩潰大哭。

從那天起，母親便喪失活下去的動力，久臥在床鋪上，就算起床，也只是以淚洗面，食不下嚥。再這樣下去，她的身體一定會撐不住的。

然而……

石頭碎掉三天後，多尼歐突然回來了。

他變得黝黑，頭髮跟鬍子也蓄長了，只見他神采奕奕的進門，直奔母親臥房。

「媽！媽！我回來了！」

母親又驚又喜，她喜極而泣半晌，連一個字都說不出來。好不容易稍微冷靜下來，她才哽咽的說：

「多尼歐，多尼歐！真的是你嗎？我不是在作夢吧？」

「那還用說。媽，我才想問妳，妳怎麼生病了？」

「因為……因為我以為你出事了……」母親支支吾吾說道。

「妳看，我這不是好好的嗎？所以，妳也要快點好起來，我想跟妳分享外頭的各種新鮮事呢！話說回來，妳怎麼會以為我出事了？」

「因為綠松石突然碎掉啦！所以我害怕得不得了！」

「綠松石？」

聽到這裡，多尼歐收起笑意，神情嚴肅了起來。

「對了，媽，有一件神奇的事要跟妳說。」

多尼歐娓娓道來。

「三天前的早上，我在摩洛哥的港口，想搭那艘前往威尼斯的船回來；不料正要上船時，掛在手上的綠松石手環的繩子，忽然斷了。」

「哎呀……」

「珠子散落得到處都是，我焦急的撿珠子。畢竟那是您給我的重要手環，而且我也很喜歡它。不過，港口人山人海，小小的珠子實在不好找。珠子又被人們踢來踢去，越找越頭大。好不容易將珠子全部撿回來後，原本要搭的那艘船已經駛離港口。沒辦法，我只好改搭隔日的船。

結果我是因禍得福！今天早上到了威尼斯，才發現昨天就應該抵達的船還沒到。聽別艘船的船員說，曾見過類似的船，當時那艘船被大漩渦捲進去，直接沉進海裡……我聽了簡直頭皮發麻！若我搭上的是那艘船，想必已經變成海藻碎屑了吧！幸虧我的運氣好。」

「沒有……嗎？」

「嗯？媽，妳說什麼？」

「你沒遇上其他危險的事嗎？旅途中，沒遇上什麼辛苦或不順利的事嗎？」

「辛苦的事？印象中好像……啊！我想起來了，那次的確很慘。有一天我肚子突然痛得不得了，渾身無力，差一點以為快死掉了。可是過了一晚，所有疼痛就不藥而癒，之後再也沒痛過。真不知是什麼病？」

為了保險起見，母親持續追問，才發現原來多尼歐肚子痛那一天，就是綠松石浮現汙點那天。

綠松石

綠松石也稱為土耳其石，是歷史非常悠久的寶石。它湛藍的顏色令人聯想到水與空氣，因此美國原住民將之視為帶來好兆頭的寶物。據說它也有替主人擋災的功效，所以可作為旅行的護身符。寶石語是「繁榮」與「成功」。

縞瑪瑙與紫水晶

自食惡果

古代印度的首都瓦拉那西，有一名叫做愛莉亞的十歲少女。她是貴族的女兒，住在大宅邸裡，身旁有不少僕人服侍，生活過得富裕又自在。

人人都很羨慕愛莉亞。

「愛莉亞大小姐真幸福，血統高貴又有錢，父親是遠近馳名的戰士，母親則是知名的大美人。就算是摩訶羅闍[1]的公主，也沒有您這麼幸運吧！」

每次有人這麼對她說時，愛莉亞總是露出似笑非笑的表情。

愛莉亞的生活確實很優渥，吃著香甜水果與精緻甜點，穿著綾羅綢緞。明明還是個孩子，卻能配戴珠寶，每天在寬廣的庭院與白孔雀和鹿玩耍。這樣的愛莉亞，誰會認為她不幸福？

但是，即使只有十歲，愛莉亞也有個很大的煩惱。

「該怎麼做，才能讓爸爸、媽媽感情變好呢？」

她的父母，從很久以前起，就變得相敬如「冰」。爸爸或媽媽跟愛莉亞單獨相處時，表情都是慈祥和藹、笑容滿面，可是一旦見到彼此，就變得張牙舞爪、惡言相向。爸媽吵架時，看著對

1 梵語頭銜，意思是偉大的統治者。

方滿懷恨意的眼神，令愛莉亞好想逃離這個可怕的世界。

因為父母的關係，愛莉亞非常羨慕感情和睦的家庭。就算沒有大房子可居住、沒有孔雀玩耍、沒有大象可乘坐也無所謂，只要爸爸、媽媽能和好如初，一家三口開開心心在一起，就算一輩子都吃不到最喜歡的糖果也沒關係。

這一天，父母又開始大聲爭吵。愛莉亞害怕他們的怒吼，不由得逃到院子裡。

愛莉亞在芒果樹下擦拭淚水時，有人對她說話了。

「那邊的女孩呀，妳別哭了。」

抬頭一看，是一位老人。他衣衫襤褸、鬍鬚雪白，看上去頗具威嚴，額頭上還有神聖的紅印。愛莉亞驚覺，他正是婆羅門，趕緊低頭鞠躬。

婆羅門是掌管教育與祭祀的僧侶，身分比貴族還高。很多婆羅門為了得到神通法力，會進行嚴厲的修行，愛莉亞心想，這名婆羅門身上破爛的衣著，肯定是為了修行的緣故。

「法師，您是從哪裡進來的？」

「我隨處可進。所有的門，都會為了靈魂清淨者開啟。妳是這一家的女兒嗎？」

「是，我叫做愛莉亞。」

婆羅門直直注視著愛莉亞，他的眼神彷彿能看穿一切，令她好不自在。

不久，婆羅門又問：「妳感到很痛苦，是父母的關係嗎？」

「為……為什麼您知道呢？」

「運用神通看穿妳的心思，簡直易如反掌。妳的父母感情猶如水火，使妳相當痛心，我沒說錯吧？」

「是的，沒錯。」

「嗯……昨天的吵架癥結，在於餐後甜點跟令尊的馬。」

「沒有錯。」

愛莉亞倒抽一口氣，竟然被他完全說中了！看來這位婆羅門真的擁有神通法力。既然如此，何不請他出手相助？她跪在婆羅門腳邊，聲淚俱下。

「法師，請幫幫我！我爸爸跟媽媽老是吵架，可是我不懂，他們為什麼非吵不可呢？每次都吵一些雞毛蒜皮的小事，到底是為什麼？」愛莉亞眼泛淚光對婆羅門傾訴著。

婆羅門溫柔的撫摸嚎啕大哭的愛莉亞：「可憐的少女啊，妳

一直很痛苦吧？不過，妳的痛苦今後還會持續下去。如果不幫助妳的父母，他們恐怕還是會繼續爭吵。」

這不祥的預言，令愛莉亞臉色慘白。

「怎麼會……您是說，要我幫助爸媽嗎？可是，我該怎麼做？」

「妳先不要哭，站起來。老實說……我來這裡，是因為感應到強烈的不祥之氣，而氣息來自於這棟宅邸。有一股比黑夜還漆黑的力量，以及一股火焰般猛烈的紫色力量，正在互相碰撞。讀了妳的心之後，我就明白了。原因出在令尊的手環和令堂的耳環上。」

愛莉亞猛然一驚。她的父母，確實分別配戴著華麗的手環與耳環。

父親的手環造型是一條盤起身體的蛇，黃金蛇身上鑲著七大顆縞瑪瑙。這是從前曾祖父在戰場上立功時，國王所賜予的寶物，此後便成為家族的傳家之寶。

至於母親的耳環，則裝飾著紫水晶。精緻的銀飾上鑲著鴿蛋大的紫水晶，如此深沉的紫色，無論哪種染印師都做不出來。母親深感自豪，這麼美麗的紫水晶，連王室都沒有呢！

互相碰撞的黑色與紫色的力量，就是手環與耳環。

婆羅門的一席話，令愛莉亞頓時深感不安。

「是他們的手環跟耳環害的嗎？」

「正是如此。」婆羅門深深頷首。

「縞瑪瑙與紫水晶，本來就是兩種磁場不合的石頭。增強意志的深黑色縞瑪瑙，與為心注入愛意的紫水晶，是恰好相反的兩種屬性。兩種寶石湊在一起，就是會迸發爭鬥之氣。」

「爭鬥之氣……」

「況且，這兩種石頭的力量，對人類而言都太強大了。身為戰士的令尊，因無法完全駕馭縞瑪瑙的力量，反而變得鐵石心腸，連面對愛妻也一板一眼。另一方面，令堂也不適合那顆紫水晶。紫水晶是守護真愛的寶石，但同時也成為一種詛咒，它會扭曲令堂的愛，使她對丈夫變得疑神疑鬼。」

愛莉亞聽得臉色蒼白。

婆羅門說的對，父母吵架的時候，身上總是佩戴著那個手環與那對耳環。原來一切都是黑色縞瑪瑙跟紫水晶的錯！

「意思是說，如果要讓他們停止爭吵……」

「就必須讓他們遠離那些寶石。」

「法師，請您來我家一趟，將剛才那些話告訴我爸媽！有您出馬，相信他們一定肯照做的。」

「很遺憾，事情沒那麼簡單。」婆羅門露出悲傷的神色繼續說道，「被石頭的魔力所迷惑的人，絕對不會放開石頭。他們已經被石頭掌控了，無論誰說什麼，他們都不會聽的。」

愛莉亞心想，他說的或許沒錯。手環與耳環都是她父母非常珍愛的物品。父親從未卸下手環，而母親除了晚上睡覺之外，總是隨時戴著耳環。就算婆羅門勸說他們丟棄，他們也肯定不聽。

「那該怎麼辦……好，那就由我來弄壞那兩樣東西，這總行了吧？我可以很自然的接近爸媽，趁機用堅硬的東西敲碎寶石！」

「萬萬不可！」婆羅門慌張的大聲制止。

「敲碎擁有魔力的石頭，是很危險的。如果妳真的做了，會惹禍上身啊！」

愛莉亞大喊：「我才不在意！只要能讓他們和好如初，我什麼都願意做！什麼都不在意！」

「妳就這麼堅持嗎？」

「那當然，為了父母能夠和好，讓我做什麼都可以。」

「那麼，我教妳一個更好的方法。妳聽好了……」

婆羅門繼續悄聲低語道：

「沒有月亮的夜晚，馬上就要來臨了。等那晚到來，屋子裡的人都睡著後，妳就悄悄將手環或耳環拿出來，選一個就好。」

「選一個？」

「沒錯。畢竟兩個同時帶出來太難了。只要其中一個遠離令尊令堂，情況就能大大改善。」

「然後呢？我該怎麼做才好？」

「看看那棵樹。」婆羅門指向不遠處的菩提樹。

「將寶石埋在那棵菩提樹下。所有的寶石都是大地之子，是大地所產出來的光輝之子。埋在泥土裡，就能回歸大地。如此一來，就能安全處理寶石，不會降災在任何人身上。聽懂了嗎？」

「是，我會去做的。我會照著法師教導的方式試試看。」

「很好很好，我也會為妳祈禱，希望妳能平安、幸運能跟隨著妳。」

婆羅門溫柔撫摸愛莉亞的頭，接著說了聲「再會」後，便離開庭院。

兩天後，無月之夜降臨。夜空只有小小的星星微微閃爍，光芒無法照到地面，大地沒入黑暗中。

到了深夜，宅邸一片寂靜，僕人們大都睡著了。

確認四下無人後，愛莉亞溜下床，悄無聲息的來到走廊。她的心跳得好快，愛莉亞不禁擔心起來，心跳這麼大聲，會不會吵到別人呀？

她一邊告訴自己別擔心，一邊前往母親的房間。

愛莉亞決定帶走耳環。畢竟父親連睡覺也戴著手環，而且戰士總是對風吹草動都特別敏感，要是愛莉亞溜進他的臥房，他肯定馬上醒來。反觀母親睡得很沉，而且睡覺前會卸下耳環，正適合下手。

愛莉亞就這樣躲過所有人的注意，悄悄溜進母親房裡。母親睡在一張大床上。只見她皺著眉頭、面露痛苦，恐怕即使睡著了，也被惡夢侵擾。這一定是紫水晶害的！愛莉亞憤恨的瞪著床鋪旁邊的珠寶盒。愛莉亞知道母親都把耳環收在那邊，這樣才能方便她每天早上起來配戴。

愛莉亞繼續躡手躡腳前進，輕輕打開珠寶盒，也不忘留意母親的動靜。找到耳環了！紫水晶在黑暗中所發出的黯淡光芒，使愛莉亞一眼就看到它。這石頭果然有魔力！

儘管渾身害怕得顫抖，愛莉亞仍是抓起耳環。銀飾的冰涼觸感無比冰冷、光滑的紫水晶，令她從心底升起一股寒意。

「得早點把它埋起來才行！這種東西，不能繼續留在人類的身邊。」

愛莉亞拚命忍住加快步伐的衝動，保持安靜的離開母親房間，然後逕直走向庭院。

院子一片漆黑，但愛莉亞毫不迷惘的向前走著。這座從小玩到大的院子她非常熟悉，就算蒙上眼睛也能自由行走。

終於順利抵達菩提樹下。接著，她徒手挖開樹下的泥土。挖

掘一陣子後，新鮮的泥土味竄了出來。泥土有點溼，但還有堅硬的土塊。

即使土壤跑進指甲縫裡，指尖越來越痛。愛莉亞還是努力挖出一個有點深度的洞穴，將耳環放進去。

「請回歸大地，不要再出來了。」

她對紫水晶如此低語，然後匆匆將土埋回去，用力踩踏泥土，將之踏平。

「好，這樣就能放心了。」

愛莉亞用池水洗淨雙手，回到自己的房間。

隔天早上，一陣幾乎震破耳膜的慘叫聲，響徹整棟宅邸。

愛莉亞從床上彈起來。她一聽就知道，母親發現耳環不見了。

「媽媽！」愛莉亞踉蹌的朝母親奔去。

房間裡變得一團亂，但母親似乎還不滿意，到處翻箱倒櫃。

她披頭散髮、兩眼布滿血絲、面色蠟黃，半發狂的喊著：「不見了！不見了！為什麼！」

「媽媽！妳冷靜點！」

「啊！不見了，不見了呀！愛莉亞！」

「不要慌，冷靜一點！是我……」

愛莉亞差一點就衝口說出自己偷走耳環，此時父親猛地破門而入，手上還握著一把劍。

「妳沒事吧，香朵拉！」

「親愛的！」

「出了什麼事？怎麼了？」

「耳環！我的耳環不見了！有人把我的耳環偷走了！」

愛莉亞警戒的等待父親的回應，他會不會罵母親：「都怪妳自己不小心，才會發生這種事」呢？

不，並沒有。他只是深深嘆口氣，說：「只是耳環不見而已嗎？那就好。」

「親愛的……」慌亂的母親，頓時睜大雙眼。

「我聽到慘叫聲的時候，還以為發生了什麼事。既然妳平安無事，那就夠了。妳平安就好。」

「想不到你竟然說出這麼貼心的話。」

「這個世界上，還有比妻子與孩子更重要的寶物嗎？」

母親開始啜泣，愛莉亞也泫然欲泣。

父親對母親表達關懷，母親也欣然接納。現在，溫暖與愛在他們兩人之間洋溢著，愛莉亞見狀，開心得難以言喻。

父親溫柔的搭著母親的肩膀，「別哭了。放心吧，那種紫水晶很稀有，不管是誰偷走，肯定會走漏風聲，到時再搶回來就好了。我一定會把它搶回來的，所以妳別哭了。」

「不是的。我太高興了，沒想到原來你還願意關心我……這太讓我開心了，好像回到剛結婚的時候一樣。」

父親困惑的垂下頭。

「從以前到現在，我對妳的心意從未改變。可是不知道怎麼搞的，總是與妳產生誤會……大概是因為，我連在家裡都擺出戰士的架子，一心只想著自己的職責，才會不小心冷落妳。」

「不，我也有錯。我不願意用心了解你工作上的苦楚，滿腦子只想對你撒嬌，是我太幼稚了。不過，我會改的。」

母親直直看著父親，父親也點點頭。

「是啊，我也會改的。」

「太好了！」愛莉亞望著兩人牽手的模樣，不禁哭了出來。

「哎呀，愛莉亞，妳快過來呀！」

「抱歉。仔細想想，妳才是最委屈的。」

父母一同抱住愛莉亞，令她哭得更大聲了。她好開心，真的好開心。

「好了，在找到耳環之前，妳總需要一個替代品。我來幫妳準備新耳環，珍珠耳環如何？妳戴起來一定很好看。」

「你送的耳環，絕對比上一個耳環更值得好好珍惜。」

微笑的母親，看起來比以往更加美麗。愛莉亞衷心認為，能遇見那個婆羅門，真是太好了！

首都的小巷，無論白天或黑夜都是黑暗的溫床。狹小簡陋的房子四處林立，瀰漫著歹徒與扒手所散發出來的邪惡氣息。發生在這兒的事情，盡是些偷拐搶騙與陰謀，或是更不堪的勾當。

那名婆羅門，此時出現在小巷的一棟破房子裡。不過，他看起來與當時截然不同。他穿著普通的衣服，胡亂紮起長長的白鬍子，眼神銳利、表情猥瑣，額頭上的聖印也不見蹤影。

這名男子叫做薩米爾，是個徹頭徹尾的壞蛋。他當然不是什麼婆羅門。偽裝成婆羅門是滔天大罪，但只要不露出馬腳就行了！薩米爾好幾次都偽裝成婆羅門接近有錢人，以騙取錢財。

不過，如此輕易就釣到大肥羊，這倒是第一次。

薩米爾邊笑邊從懷裡掏出這次的戰利品，仔細欣賞。儘管屋子裡陰暗又簡陋，戰利品看起來還是如此美麗耀眼。

真棒的耳環，鑲在上頭的大顆紫水晶，顏色是多麼深沉啊！看著看著，彷彿連眼眸也要被染成紫色了。

「這一筆真是賺得輕鬆愉快，多虧那個小女孩很快就相信我，事情才能這麼順利。不過，她說要敲碎寶石時，真是嚇出我一身冷汗呢！」

想到此處，薩米爾發出咯咯咯的笑聲。

原來薩米爾從很久之前，就盯上了那兩個鑲有珍貴寶石的手環跟耳環。他選擇年幼單純的愛莉亞下手，故意挑起她的不安，建議她將寶石埋在土裡。

昨晚，他搶先躲在院子裡，在旁邊靜靜看著愛莉亞將耳環埋在菩提樹下。等到愛莉亞離開後，再馬上挖開泥土、拿走寶物。

「嘿嘿，我該拿這紫水晶怎麼辦才好呢？如果就這麼賣掉，肯定會走漏風聲。乾脆卸下紫水晶，賣給哪個王公貴族好了。哈，不管是哪來的高貴公主，一旦見到這東西，保證跟流著口水的狗一樣，直接就撲上來。」

此時，一名女子走進破屋子。她不年輕也不漂亮，簡直就像空氣，能輕易融入任何地方。她看起來像個小販，背上的竹簍裝

著一堆水果。

薩米爾馬上警戒起來，但一見到女子的臉，又卸下心防。

「是妳啊，卡拉，拜託別嚇我啦！」

「別說這個了，怎麼樣？事情順利嗎？」

「當然。喏，妳看。」

薩米爾亮出耳環。卡拉的雙眼，瞬間閃過貪婪的光芒。

「真有你的！不簡單！」

「呵呵呵。只要老子出馬，包準手到擒來。」

「喂，這次你會多分給我一些吧？你能這麼順利，也是因為我去那棟宅邸跟僕人們打好關係，我也有功勞呀！」

「是嗎？」

「你別裝傻了。要不是我仔細打聽宅邸那對夫妻的感情狀態，你哪能輕易騙倒那丫頭？喂……拜託啦，前陣子我買了首飾，價格有點高，所以手頭有點緊。那可是很棒的首飾呢！尺寸雖然小，但上頭鑲了一顆漂亮的黑色寶石。」

「哈！村姑也想戴首飾！」薩米爾忍不住大聲譏笑，「像你這樣的女人，隨便用路邊石頭做的首飾湊合就好！不要再講廢話了，抽成就跟以前一樣。對了，我們趕快離開這座城市。想賣掉這東西，最好是跑得越遠越好。」

卡拉沉默不語，臉色陰沉了下來。

「做什麼？妳那是什麼表情？難道妳忘了，是我教妳如何偷東西嗎？要不是我把妳撿回來，妳到現在還在翻垃圾維生呢！因此，妳是我的東西，是我的工具，妳可別忘恩負義！」

罵了卡拉一頓後，薩米爾轉身開始打包行李。不料，卡拉忽然朝著他的背撲上來，手上握著一把小刀。

「都是你！都是你弄髒我的手！看我的厲害、看我的厲害！」卡拉一邊大叫，一邊將小刀插進薩米爾體內。

薩米爾疼得雙腳發軟，努力想甩開卡拉。此時，他赫然發現某個東西。有一條首飾，從卡拉凌亂的衣裳間露了出來。那條首飾，鑲著一顆小小的縞瑪瑙。

一看到那東西，薩米爾腦中便響起一席話。

「縞瑪瑙與紫水晶，本來就是兩種磁場不合的石頭。增強意志的深黑色縞瑪瑙，與為心注入愛意的紫水晶，是恰好相反的兩種屬性。兩種寶石湊在一起，就是會迸發爭鬥之氣。」

「啊！這不是我對那少女說過的話嗎？那只是我胡謅的謊言罷了。結果戴上縞瑪瑙首飾的卡拉，竟突然襲擊我，明明以前她很聽話啊！而我，身上也帶著紫水晶……唉，該不會這石頭真的富有魔力吧？」

想到這兒，薩米爾便耗盡力氣，眼前驀然轉黑。

那片黑暗，比縞瑪瑙更漆黑、更深沉。

縞瑪瑙

縞瑪瑙。黑色的叫做「黑瑪瑙」，任何光線都無法穿透，深邃、漆黑無比，能使配戴者感受到不屈不撓的精神，增強意志力；更能驅趕討厭的人，賦予人斬斷爛桃花的勇氣。它的寶石語是「幸福夫妻」與「成功」。

紫水晶

紫水晶的語源來自於希臘語 amethustos，意思是「千杯不醉」。只要戴在身上，就能不被對方的外表所惑，冷靜的看穿本質。因此，自古以來，它便被視為「愛情的守護石」，寶石語亦為「誠懇」、「心靈祥和」，與愛情關聯匪淺。

珊瑚

不幸的貴族之女

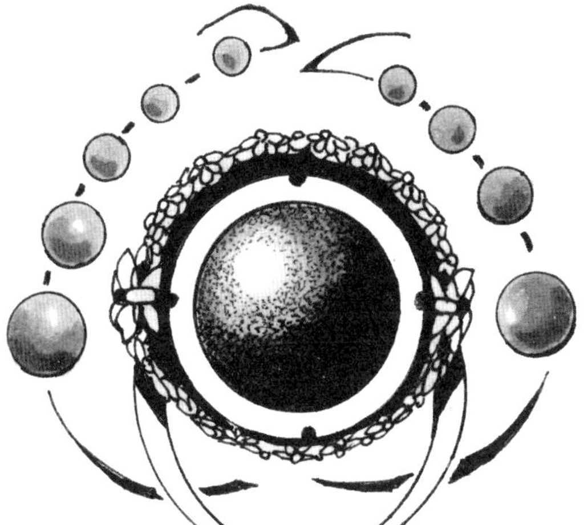

來，你可以再靠近一點。請好好的看看我吧！好久沒有人仔細看我了，我覺得好雀躍！

以前，很多人都說我「很棒」、「不簡單」，所以，你心裡在想什麼，我可是一清二楚呢！呵呵！你一定認為，除了這裡，再也見不到如此碩大的珊瑚珠子了吧？

聽了我接下來要說的話，可能會讓你大吃一驚。

這世上還有九顆珊瑚，跟我長得一模一樣。沒錯，我們是十姊妹！

人類將大珊瑚從深深的海底打撈上來，而我們，就是由大珊瑚所切割、打磨製成的十顆珊瑚寶石。當時我們並沒有失散，而是被人用絲綢串連起來，做成某位日本古代貴族大小姐的腰帶飾品。

大小姐家非常富裕，畢竟他們可是有錢到能買下我們十姊妹呢！家裡有偉大的老爺、優雅的夫人，以及身為獨生女的美麗大小姐。

大小姐十分喜歡我們，每當她穿上外出用的和服，總是將我們裝飾在腰帶上。除此之外，她也常將我們從珠寶盒取出來輕輕撫摸，溫柔的觀賞我們。

我們是大小姐的爺爺——大老爺送給她的禮物。

你看，我是紅色的，對吧？

儘管不像紅寶石或石榴石那般晶瑩剔透，但是如漆般光澤、鮮豔的朱紅色具有趨吉避凶的效果，因此大老爺才將我們送給可愛的孫女。

大老爺的心意，就這麼深植於我們心中。我們也非常喜愛大小姐，甚至還為她唱出在海裡時學會的人魚之歌。雖然大小姐聽不見我們的歌聲，但應該能感受到我們的心意。因為她變得更珍愛我們，到了青春年華，還戴著我們參加茶會或晚宴。

無論去哪裡，大小姐跟我們都是眾人注目的焦點。

直到現在，我都還記得很清楚，宴會上歡快的異國音樂、如花朵般少女的燦笑、俐落紮起頭髮的貴公子，那直挺挺的站姿，最令人難以忘懷的，就是大小姐美麗動人的身影。

往日時光，真是美極了！

後來，大小姐被安排了婚事，要嫁給一戶好人家。婚禮在新葉萌芽的春季舉行。穿上新娘禮服的大小姐，簡直是天下第一美女。為雪白的新娘禮服點綴嫣紅的我們，也吸引了人們的視線。

「新娘子配戴那種東西，會不會太奢華了？」

「顏色跟血一樣紅，感覺怪不吉利的。」

有些親戚說起閒言閒語，但大小姐置若罔聞。當然，我們也是這樣的。

如此這般，大小姐成了年輕的夫人。我們也跟隨其他嫁妝一同搬入新家。大小姐受到夫家老爺百般疼愛，看起來比從前更幸福。能就近目睹這一切，我們比誰都開心。

是的。幸福無比的日子，持續了一段時間。

但大小姐的人生，卻逐漸蒙上陰霾。

一切起因於老爺事業失敗。他被信任的朋友背叛，背上大筆債務。宅邸跟大部分家具都被查封，老爺也不得不遣散眾家僕。

一家人忍著恥辱搬進老房子，即使如此，他們並沒有絕望。

「我一定會東山再起。失去的東西再拿回來就好，房子如此，僕人也是。只要我有資金……只要有了籌碼，一切就會好轉了。」

聽了老爺的一席話，大小姐決定變賣自己心愛的寶石、象牙梳子與和服，以籌措資金。

你問我，難道大小姐的娘家沒有出手相助嗎？

她無法依賴娘家，因為大小姐出嫁幾年後，父母便相繼過世，整個家都沒了。若是她的父母還在世，一定會幫助大小姐，不會讓她放棄心愛的物品。

現在回想起大小姐變賣私人物品的那天，依然令我痛心。尤其是那把象牙梳子，它和我們可是多年好友。當年大小姐也同樣十分愛惜它。

咦，你問我們被賣到哪裡去了？

不，大小姐連梳子都放棄了，卻唯獨將我們留在身邊。她就是如此深愛我們。

老爺嘴上說著抱歉，收下了大小姐用私人物品所換來的金錢，再度開了一家小公司。

不過這次他依舊沒有成功，原先的債務漲成兩倍。一家人連三餐都沒有著落，甚至活在討債集團的陰影下。

走投無路的大小姐，終於決定拆掉串連我們十顆珊瑚的腰帶飾品，賣掉其中一顆。畢竟我們可是鮮紅又大顆的珊瑚，就算只賣一顆，也能換來一大筆錢，暫時維持一家人的開銷。

不過，那筆錢也有花光的一天，沒過多久，大小姐又賣了一顆珊瑚寶石。一顆、又一顆，姊妹們被一一賣掉，我跟剩下的姊妹哭成一團。我捨不得與姊妹們分開，而大小姐日漸消瘦，也使我心疼不已。

每當賣掉我們一次，大小姐的心就好像破了一個又一個的洞。她的氣色越來越差，原本閃耀光芒的雙眼，目光也逐漸渙散……

終於，只剩下我留在大小姐身邊。

而這一家人已經落魄到無藥可救了。老爺連出門都覺得羞恥，從早到晚蓋著棉被，整日足不出戶。虧他從前是那麼神采奕奕的人呢！事業一再失敗，讓他完全喪失了自信。不只如此，他連個性都變了。明明沒錢還想喝酒，對著大小姐又吼又叫，直要她把最後一顆珊瑚給賣了。

至於公婆，不僅沒有阻止老爺，還跟他一個鼻孔出氣，尖酸刻薄的批評大小姐。

「自從妳嫁來我們家，家裡就衰事不斷，妳真是我們家的掃把星！連小孩也生不出來，沒用的東西。家裡有困難，妳卻死抓著那顆珊瑚不放，真是豈有此理。我看，妳乾脆消失算了！」

那些不堪入耳的話語，我每個字都聽得清清楚楚。人類所謂的怒火中燒，就是指這種心情吧？

於此同時，我也十分擔心大小姐的身體。我能清楚知道她正逐漸衰弱的不只是身體，就連心靈也是。

「我會好好守護妳，快打起精神來吧！」

我心裡暗暗祈求，希望能盡量減緩大小姐的痛苦。

原本就是生於大海的我，既然能看穿潮水漲退的時機，當然也能感受大小姐血液虛弱的流動。我運用自身的魔力，使她的血液在體內暢行無阻。

若是其他姊妹也在，就能給予大小姐更大的幫助，但總比袖手旁觀好多了。或許是我的努力有了成效，大小姐的氣色終於變得紅潤些。

就在那個時候，有一個大小姐以外的人，抓住了我。我大吃一驚！

那個人是老爺，大小姐的丈夫。透過他的手，我感應到一股無比邪惡的意念。

我拚命向大小姐求救，但是大小姐不在家。

最近，她開始代替丈夫出去工作了。由於把我帶去職場太危險，她才特地將我留在家裡，想不到適得其反，小偷竟是枕邊人！

我想，大小姐也沒料到他會墮落至此。

就這樣，我被迫與大小姐分離，被交到寶石商人手裡。寶石商人馬上將我賣給某戶富裕的商家女主人。

那位女主人個性不拘小節，笑聲也非常爽朗。

她人很好，真的。

可是，我沒辦法承認她是我的主人。

我的……我們的主人，只有大小姐一個人。

從那之後，我成天唉聲嘆氣。我很擔心大小姐，也想念四散的姊妹們，更為自己被擄走而憤怒。我日日夜夜都帶著恨意，埋怨著上天。

女主人八成感受到我怨恨的意念，很快就放開我了。

「這珊瑚好像跟我不合，自從買了它，將它戴在身上，我就常常心情低落，身體狀況也不大好。」

接著，我又被鑲進戒指裡，成了茶道當家的飾品。她是名優雅的老婦人，喜歡寧靜與沉穩。要是沒遇到大小姐，我應該會很樂意成為她的飾品。

不過，我還是不能接受別人成為我的主人，因此仍不斷發出怨念。

這位當家的直覺十分敏銳，比上一位女主人更快將我送回寶石商人手裡。

「我好像聽得見這顆珊瑚寶石的聲音。那啜泣聲好哀傷，滿懷怨恨。照理說，那聲音不可能聽得見，但我就是覺得頭疼。不好意思，請你把它收走吧！」

同樣的事情反覆發生好幾次，久而久之，我竟開始變得有名了起來。

「自從有了這東西，家裡的女眷們身體都變差了。」

「聽得見女人的啜泣聲跟怨言。」

「這寶石不吉利。虧它這麼漂亮，真是可惜啊！」

後來，連寶石商人們都開始嫌棄我。但我只是想回到大小姐身邊而已呀！

某一天，一名先生向我搭話。我嚇了一跳，願意好好對「我」

說話的人，他還是第一個。

我想知道的事情，他全都告訴我了。

時間已經過了很久，我最愛的大小姐已不在人世。還有，我已經變成「不適合人類擁有的石頭」了。

「因此，來我身邊吧！不不不，我不是要妳變成我的東西，只是想請妳在我的館裡做客而已。館裡有許多像妳一樣的石頭，我想，聽聽他們的故事，應該很有意思。」

你應該懂了吧？

是的。那位先生，就是這座魔石館的主人。

我答應了他的請求。如果能在那裡找到我的歸屬，那是再好不過了。畢竟，就算我知道最愛的大小姐已不在人世，還是無法忍受委身於他人。況且，我跟魔石館的主人有個約定。他說，一定會幫我把四散的姊妹們找回來。

這就是我待在這裡的原因。我靜靜端坐，等待與姊妹們重逢。才不會無聊或煩膩呢！光是想到能再與姊妹合而為一、暢談與大小姐之間的回憶，我就期待不已。

如果你看到跟我一模一樣的珊瑚，請一定要帶來這裡。

拜託你了！

珊瑚

從海裡打撈上岸的珊瑚，有各種不同顏色——白色、黑色、淡紅色或紅色，而其中最貴重的，就是鮮紅色的「赤血珊瑚」。據說赤血珊瑚能防止受傷、保護孕婦，還能促進血液循環。它的寶石語是「長壽」。

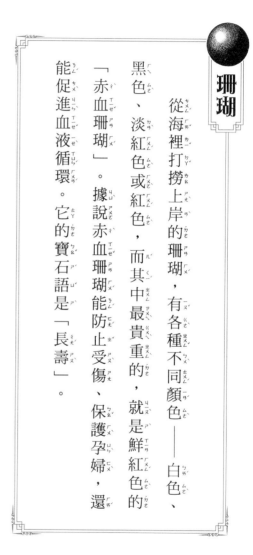

尾聲

如何？這樣的參觀方式，是不是令人回味無窮呢？喜愛石頭、珠寶的人很多，但多半只在意石頭的外觀、尺寸與價值。不過，在這裡，我們專門傾聽石頭本身的故事。而我們的館藏，遠遠不只於此。今後，也請您多多前來參觀。

我會告訴您更多不為人知的故事！

童心園 175

充滿祕密的魔石館1：藏在戒指裡的紅眼惡魔

秘密に満ちた魔石館

作　　者　廣嶋玲子
繪　　者　佐竹美保
協　　力　松下仁美
譯　　者　林佩瑾
總 編 輯　何玉美
責任編輯　施縈亞
封面設計　王蒲葶
內頁排版　連紫吟・曹任華

出版發行　采實文化事業股份有限公司
行銷企劃　陳佩宜・黃于庭・馮羿勳・蔡雨庭・陳豫萱
業務發行　張世明・林踏欣・林坤蓉・王貞玉・張惠屏
國際版權　王俐雯・林冠妤
印務採購　曾玉霞
會計行政　王雅蕙・李韶婉・簡佩鈺
法律顧問　第一國際法律事務所　余淑杏律師
電子信箱　acme@acmebook.com.tw
采實官網　www.acmebook.com.tw
采實臉書　www.facebook.com/acmebook

I S B N　978-986-507-277-3
定　　價　300 元
初版一刷　2021 年 3 月
劃撥帳號　50148859
劃撥戶名　采實文化事業股份有限公司
104台北市中山區南京東路二段95號9樓
電話：(02)2511-9798　傳真：(02)2571-3298

國家圖書館出版品預行編目資料

充滿祕密的魔石館. 1：藏在戒指裡的紅眼惡魔 / 廣嶋玲子作；佐竹美保繪；林佩瑾譯. -- 初版. -- 臺北市：采實文化事業股份有限公司, 2021.03
面；　公分. -- (童心園；175)
譯自：秘密に満ちた魔石館
ISBN 978-986-507-277-3(平裝)
861.596　　110000932

采實出版集團
ACME PUBLISHING GROUP

童心園

童心園

童心園

童心園